U0631984

万物

WANWU
CANG

吴合众　著

藏

文匯出版社

图书在版编目(CIP)数据

万物藏 / 吴合众著. —上海:文汇出版社,
2021.1
ISBN 978-7-5496-3356-2

Ⅰ.①万… Ⅱ.①吴… Ⅲ.①散文集–中国–当代
Ⅳ.①I267

中国版本图书馆 CIP 数据核字(2020)第 271623 号

万物藏

著　　者 / 吴合众
责任编辑 / 吴　华
装帧设计 / 力扬文化

出版发行 **文匯**出版社
　　　　　上海市威海路 755 号
　　　　　(邮政编码 200041)
经　　销 / 全国新华书店
排　　版 / 成都力扬文化传播有限公司
印刷装订 / 成都兴怡包装装潢有限公司
版　　次 / 2021 年 1 月第 1 版
印　　次 / 2021 年 1 月第 1 次印刷
开　　本 / 880×1230　1/32
字　　数 / 200 千
印　　张 / 8

ISBN 978-7-5496-3356-2
定　　价 / 50.00 元

总序：千万和春住

陆春祥

1

十一世纪下半叶的北宋，春末江南，在越州任职的王观，要送一位朋友回浙东，朋友叫鲍浩然，满树清叶，香味扑鼻，江南春色撩人心魄，王观吟出了新奇的《卜算子》送别词：

水是眼波横，山是眉峰聚。欲问行人去那边？眉眼盈盈处。

才始送春归，又送君归去。若到江南赶上春，千万和春住。

鲍兄呀，您要去哪里呢？是不是前面远方的山水间？那水，如美人流动且顾盼的眼波，那山，如美人蹙促且凝结的眉毛，浙东山水，让人满心欢喜，您应该心情大好才是。今天，我送春又送友，但一切都是短暂的，春去春又归，兄去兄再来，兄下次来时，千万要赶着春的脚步，我们拥春入怀，我们一起留住春天！

2

江南的春，千种态，万种色，古往今来，无数文人为之倾慕，为之吟咏。而浙江的山水，恰如王观所绘，皆在眉眼盈盈处，精致而妩媚间，透显出不露痕迹的英气。

金"文"字形的四条山水诗路带，将整个浙江变成了诗与画。

那些生动的诗文，将浙江大地编织成五彩的经纬。左长撇，大运河诗路、钱塘江诗路：千年古韵，江南诗路，风雅钱塘，百里画廊。右长撇，右长捺，浙东唐诗之路：兰亭流觞，天姥留别。左捺，瓯江山水诗路：山水诗源，东南秘境。毫不夸张地说，浙江山水的筋骨和表皮，就是一首首诗文的颂歌。

单说浙东唐诗之路。

从地理角度观察，"浙东唐诗之路"的干线和支线，自钱塘江畔的西陵渡（现在叫西兴）开始，过绍兴，经浙东运河、曹娥江至剡溪，至天台的石梁。新昌的天姥山景区、天台的天台山国清寺等均是精华地段。支线还延续至台州以及温州，跨越几十个县，总长达千余里。

从诗歌史上统计，"浙东唐诗之路"，有 451 位诗人，留下了 1505 首诗篇。我们再将这些数字立体化：《全唐诗》收载的诗人 2200 余人，差不多有 1/4 的诗人来过浙东；唐时，浙东的面积只占全国的 1/750。还有一个数字，《唐才子传》收录才子 278 人，上述 451 人中就有 173 人。众多的诗人，还是高水平的诗人，为什么如此集中地歌唱这片窄窄的山水呢？

仅凭浙东浓郁的魏晋遗风，就让这批诗人如过江之鲫，纷纷而来。

活跃在政治、文化、道教、佛教舞台上的许多人物，都在这片土地上居住着，他们犹如魏晋星空中闪亮的明星，耀照大地。旧史有称："今之会稽，昔之关中。"说的就是能够影响东晋政局的士族，而这些士族，有许多都居住在会稽。干宝、郭璞、谢安、谢道韫、谢玄、谢灵运、王羲之、王献之、曹龙、顾恺之、戴逵、葛洪、王导、桓温，人人有名；政治家、军事家、玄学家、文学家、书法家、画家、天文学家，家家有名。

另外，"佛道双修"的"山中宰相"陶弘景，隐居天台山与括苍山多年；著名道士司马承祯在天台山隐居三十年；高僧智顗，集南北朝各佛家学派之大成，在天台山南麓国清寺创立天台宗；高僧支遁，在剡中沃洲创立著名寺庙。

谢家的两位，谢安和谢灵运，让李太白醉倒得五体投地，一曲《梦游天姥吟留别》，将浙东唐诗之路高腔定调。我仿佛看见，唐代的天空下，一个个诗人，在李太白美梦的召唤下，涉水爬山，神情笃定地行走在来浙东的路上。

还有浙西唐诗之路。

船经富春山，永嘉太守谢灵运，看见四百岁的严光，高坐在钓台上，悠闲地看天，看鸟，看云，无比羡慕，一连写下数首敬仰的诗，《富春渚》《夜发石关亭》《初往新安至桐庐口》《七里濑》，他敬仰高士，他敬仰富春江山水，他的诗，开了中国山水诗的先河。

谢的山水诗，对唐代的众多诗人，又是另一种指引。据董利荣先生的不完全统计，向严光表达敬意的唐代诗人就有 70 多位，洪子舆、李白、孟浩然、孟郊、权德舆、白居易、吴筠、李德裕、张祜、陆龟蒙、皮日休、韩愈、吴融、杜荀鹤、罗隐、韦庄，包括曾在睦州做过官的刘长卿、杜牧，隐居桐庐的严维、贯休，还有桐庐籍诗人方干、徐凝、施肩吾、章八元、章孝标、章碣等，是他们，织起了一条绚烂的唐诗西路，诗人们借景抒情，借人抒怀，严光，桐庐富春山的钓台，几成了赛诗台。

这还只是说了唐代，还只是说了两条水路。浙江的山水，真的是处处眼波，眉目盈盈。

3

现在，我们以激情抒写的方式向江南大地，向浙江山水致敬。

王键的《自然物语》，以四季为经，以个人对景色、物候的理解和体验为纬，融以复杂的世相、斑驳的人生、深刻的思索，编织成一个五彩的世界，花鸟虫鱼，晴霜雨雪，物物事事，就是自然。

沈小玲的《一朵花的神话》，兰花桂花菊花，荷花樱花水仙花，贝雕花瓷器花蓝布花，笑容花旗袍花诗经花，有形花无形花，一花一世界，花朵里有灵性的魂魄，世界中有曼妙的神话。花通华，花朵里也可见一个民族之心性。

孙缨的《羊未的一天》，一日贯四时，四时里均是碎碎的家常。行走的四时，思考的四时，还有延伸拉长时光的四时，先辈的鲜血，家国的情怀，久痛的记忆，深切的怀念，一切皆成四时固定而生动的图符。

邱仙萍的《向泥而生》，极强的比喻象征意义。大地上的一切都是泥土给予，欢笑和浪漫，尴尬和愤怒，悲哀和苦痛，繁荣和衰败，新生和死亡，所有的发生，都在阔大无垠的大地上成了过往。读懂泥土，就是读懂人生。向泥土致敬。

俞天立的《素手调艺》，从铜器石头中读出拙朴，从淡墨线条中读出厚重，从竹艺木器中观出风骨，从各种吃食中品出神秘，百工百器百艺，数千年来中国人的普通日常，中国传统文化的汩汩源泉。素手不素，艺冠天下和古今。

吴合众的《万物藏》，一种新的山海经，二十四节气的哲学化诠释，从一粒种子到一粒种子，时光在新轮回中完成了对大地山河的崇高致敬，而独特的个人体验，又使得轮回的时光生色。天生一，一生水，万物终将归于隐和藏。

4

江南处处时时都是春天。这个春天过后，很快就会迎来下一个春天，再一个春天，又一个春天，春风骀荡，春水初生，春山永远，只要我们的心里有春，你的眼前，便永远都是春天。

在思索的文字中长久停留，抬头远望，远方，远方的远方，又有新的风景升起。

我心春日永驻。

风已起江南，我们再次出发吧。

是为序。

庚子荷月

杭州壹庐

目　录

外篇——轮回的时光

内篇——时光的轮回

立春：丝管日纷纷
雨水：古庙钟声
惊蛰：昆虫食物谱
春分：百花开
清明：山上几座坟
谷雨：羊牛下来
立夏：拾柴琐记
小满：野有蔓草
芒种：谷可稼种
夏至：大地的气息
小暑：耕耘有时　收获有时
大暑：消夏记
立秋：蟋蟀有声
处暑：此间的少年
白露：识得几味药
秋分：庭院深深
寒露：蟹子肥　蛤子鲜
霜降：采采卷耳
立冬：甘蔗熟了
小雪：塘有嘉鱼
大雪：与虫共舞
冬至：舌尖上的节日
小寒：晚来天欲雪
大寒：万物藏

立春：丝管日纷纷

东风解冻，蛰虫始振，鱼上冰。

立春。正是新旧年交替时候。每年这个时节，一元复始，万物更生，一切的循环似乎在这个节点开始，又在这个节点停顿。"日方中方睨，物方生方死"，开始即是结束，起点便是终点，村民们终于消停了下来。年货已经齐备，农活尚未开张，无尽岁月里头缓那么一口气，日复一日的阳光、雨露突然就有了生机和意义。

我们这些乡村孩子，这个时节，完全没有了负担，学业、农活这些往常日子里束缚着我们的线一下子都断了。无拘无束的我们，真是可以什么都不用做，什么都不用想，风一样在村庄里自由游荡。村庄青石铺就的主路，从村头弯弯曲曲连到村尾，主路两边延伸出许多结实的黄土地踩出来的小路，像极了泥地上干透的叶脉分明的叶子。我们就在叶子的每一条脉络中，追逐着不绝如缕的喧嚣闹腾，"轰"的一声围上去，将热闹嚼甘蔗般嚼得无味后，又"轰"的一声散开，蝇群似的来往穿梭，乐不可支。

正月初二三，村里几个十六七岁的半大小伙子张罗起来，要去新婚人家"卖善"。这自然不可错过。一直熬到夜色深沉，我们一起终于出发。一大帮人先是在小店里买两根红蜡烛，将家里的红灯笼点上，由两个半大小伙提着，一直引到村里新婚的人家院子外。之后，大家在石头垒就的围墙外团团站定。照例是要开始了，大家却都有些慌起来，推推搡搡，拿不出主意。最后，年岁最大的那位被逼得没办法，被推到了最前面，临时充任带头大哥。带头大哥清清嗓子，发一声喊，拖腔拖调就一句："新春开腔大运来。"我们赶紧跟着吆喝一句"大运来"。这样，"卖善"就开始了。

唱词似乎很多，我们小屁孩只需要咬住最后三个字就可以。带头大哥一句唱词尾音尚未消散，大家赶紧跟着大喊最后那三个字。新婚人家见得暗夜中两盏红灯笼逶迤而来，早就在厅堂里摆了个小方桌，摆满花生、瓜子、炸米糕各种零嘴。这一回见我们一步一唱到了院子里，赶紧招呼过去，说可以了可以了，不要那么讲究了，拉住每个人，往口袋里拼命塞小吃。大抵这个时候，屋里的新嫁娘也步出里屋，笑吟吟看着大家。领头的几个小伙子每每这个时候，已经满脸通红，不好意思再唱下去，围着小方桌坐下，吃一些花生、瓜子，期待中尴尬地从主人家手上接过硬塞来的小红包，领了我们一群乌合之众落荒而逃。

小红包大抵有个七八元，那么两三家走下来，甚是可观。小伙子们用这钱大部分换了酒，剩下个一元八角的，给我们几个小跟屁虫分一分。然后找一户人家，围炉夜话，很是跟我们感慨这"卖善"的大不如前。说是几年前，"卖善"要多讲究就多讲究。村子里"卖善"的队伍有好几支，时间到了，各支队伍四处出击，火红的灯笼在村道上络绎不绝。因为队伍多，竞争意识就强，各种唱腔婉转嘹亮，那气派……每每说到这，说话者和旁听者一阵感慨。

"卖善"的时候，自然也是从围墙外一路唱进去，每看到主人家设下的一处器物，都要应景唱一段话。到了厅堂，每一种小吃都要唱完对路的一段才能取用。那个时候，最怕是主人家使诈，放一些从来没唱过的小吃，让人收不了场，最后得派出小弟四处联络队伍，请来此中高手才能作罢。

有一回，有一户刁蛮的新婚人家，说是从台湾带回来一种水果，红色的，像红莓，也不是草莓，大家正唱着，突然摆了出来，举座皆惊。之后队伍越聚越多，兴冲冲从围墙外进来，一看气氛不对，想退出而不得，最后团团围坐鸦雀无声。这么熬到夜深，几支队伍的领头人一合计，大家凑了个红包包给对方，好说歹说，这才落荒而逃。

那一战，"卖善"高手纷纷折戟，自此退隐江湖。从此村里"卖善"人才零落，就成了现如今这样的。说者哑然，听得我们却是热血沸腾，对逝去的旧时光艳羡不已。

社戏，在这个时候也如期上演。村口的大宫庙，有一日突然堆了一大卡车的各式箱子，上书某某越剧团之类的字眼，一箱箱摆得宫庙门口的青石阶、乱草垛上都是。傍晚时分，打扮得花枝招展的女孩子陆续到来，从围观的我们身边走过，荡漾起浓郁的脂粉香气。我们知道，比"卖善"更大的热闹来了。

晚饭后小伙伴们赶到宫庙，宫庙的天井中已经摆满了长条椅，坐满了男女老少，嘈杂声铺天盖地。宫殿大厅供奉的杨府爷塑像前香火旺盛，青烟缭绕。回廊两侧，摆满了各种小食摊，香气四溢，热气蒸腾。正对面的古戏台上，藻井之下花团锦簇，隔出了乐师班和演戏台。台柱子上挂着一小块黑板，赫然书写着晚间上演的剧目《碧玉簪》。戏台后边被帷幕团团围住，那些女孩子都被密藏在里边，听得见清脆的笑声，看得见绰绰的人影，却迟迟不见登台亮相。

这样要很久。我们在食摊上吃了一碗香辣的牛油渣，被辣得鼻涕眼泪一把把；又吃一碗热腾腾的黄豆，嚼碎的黄豆噎得人咳到气短；又吃一碗滚烫的烧豆腐，嘴巴被烫得嗞嗞作响。如是者三，终于听得锣啊鼓啊笛子啊二胡啊响成一片，戏子们纷纷然登场了。

但却并不是正戏。敝乡旧俗，社戏正戏之前，照例有个头通，称作打八仙。只见那些娇媚的姑娘一个个浓墨重彩，行头庄重，挥舞着刀枪剑戟，亦唱亦舞，在小小的戏台上来回穿梭。这样整个剧团的人都登场亮了个相，讨彩祈福，一片咿呀之声。最后所有打八仙的人在戏台前团团站定，一声吆喝，台下的老戏迷们纷纷扔上糖果、花生、硬币、零钱。这样闹腾过后，正戏才终于上场了。

我们挤在人群中，伸长脖子，在众声喧哗中，想要听点什么，想要看点什么。耳朵里，却总是一片"呕哑嘲哳难为听"。台上进进出出好几场，总是才子佳人。翻飞的水袖，不停地唱啊唱。误会、受辱、中状元、释前嫌，就是没有刀光剑影飞檐走壁，消磨得我们这些孩子耐心全无。这样许久，终于听得各种丝管乱纷纷，所有的戏子都上台了。原来死去的老丈人演了皇帝，原来扮演家丁丫鬟的演了大将军，原来扮演奸公子的，依旧是奸公子，被众人架了出去斩监候。人声鼎沸，又是亦唱亦舞。看看台下，年轻人早就不知去向，老人们摇头晃脑，呵气成冰，一出戏，就到了散场的时候了。

台上的戏子下了场，去了冠冕，依旧穿着戏服，浓妆未去，婷婷袅袅散到主事的几户人家中吃宵夜、安息去了。我们一帮孩子跟一阵，也没得到一个正眼，只好灰溜溜各自散去，心底多了几分不能是主事人家的遗憾。

　　社戏要上演好几天。《何文秀》《沙漠王子》《打金枝》等，有的是足本上演，有的也就那么几幕。我们虽然看不懂，却场场不落，期待着能有不一样的收获。有一回，终于赶上了一场天大的热闹。

　　演的是杨家将。虽是大名鼎鼎的武戏，台上却只有一个老戏子在没完没了甩着水袖，淡蓝色的底色在戏台上弥漫起来，仿佛一些炊烟在夜晚的灯光下袅袅升起。又仿佛一些陈年的旧梦，都是蓝啊蓝的天空、湖水，搅和到一起，慢慢从舞台延伸到远方，给人说不出的眩晕感。

　　老戏子丝毫没有个停的意思。

　　台下骚动起来，突然有一个年轻人沿着边沿的立柱子爬上戏台，一把就抓过老戏子舞个不停的袖子，伸手给了个巴掌。

　　一片大乱。

　　许多年轻人蜂拥而上，很快就分成两帮厮打起来。拳打脚踢，有人伸手从戏台的角落里抓起东西砸。刺刀见血，人们像闻到腥味的白鲨，一窝蜂撕咬起来。

　　老戏子演的是潘仁美。打架的原因也十分简单。带头闹事的就是一帮外村潘姓的年轻人，不忍先辈在戏台上如此被人表现阴暗心理：在强大的敌方势力前畏首畏尾，唱个没完没了；在勇猛的手下前面装腔作势，甚至杀人灭口。为先人讳，所以闹事。村里的年轻人自然不允许这些人在自己的地盘放肆。所以没有文攻就直接到了武斗。

饰演潘仁美的戏子首先被从后台赶了出来。她官帽低垂，曾经的威严一扫而空，拼了命地沿着戏台的立柱绕圈，无奈高大的朝天靴，宽大的滚蟒袍限制了她的发挥。在她磕磕碰碰跑了几圈后，就被活捉了。她尖声高叫：我不是潘仁美，不是潘仁美啊。可惜愤怒的年轻人根本不听她辩白，举手就掐住她的脖子。混乱中后台杀来一彪人马，细看是包公带领杨家一干寡妇，还有刚刚被乱箭射成刺猬的杨七郎，众人发一声喊将那潘仁美拽了回去。那年轻人正要追进去，早被另几个腾出手的年轻人按倒在戏台上。

潘姓年轻人很快就落了下风。虽然有光宗耀祖的光辉使命，无奈天不遂人意，好汉哪抵人多，很多人被按住动弹不得。后来，终于有一年轻人脱得身来，径自冲到后台取了杨令公的宝刀，灯光下明晃晃一路挥上台来。虽然是戏班用的道具，却也有些寒气，在寒冷的夜晚，映照长空冷月，一庙烛火，十二分地吓人。台上的年轻人见状拼了命作鸟兽散。潘姓青年就此突出重围，飞奔回去了。

之后两个村的老人出面，不知道怎么处理，反正村里加演了一场《五女拜寿》。从下午开始，然后吃个晚饭，又一直演到深夜。人山人海，闹哄哄你方唱罢我登场，让我们小小的心灵里满是充实的快乐。但我们也知道，这样的热闹终于也是有时聚有时消。某个大早，我们去给杨府侯爷上香，进得门去，雕梁画栋的古戏台，一个孤零零的大话筒挂在藻井下，风吹来晃荡晃荡的。步入庭内，见菩萨金刚怒目，大殿青烟游丝般缭绕，突然心里就想起不知道哪里看得的唱词："眼看他起朱楼，眼看他宴宾客，眼看他楼塌了。"繁华热闹里头的落寞寂寥，最是少年见不得，心底的沧桑恣意蔓延，一寸寸侵占着快乐，让人有说不出的恐慌。

立春的时辰一到，村子里到处是噼噼啪啪的鞭炮声。家家院子里烧一堆樟树枝。树叶的辛香，在扑棱的火苗中四溢开来，一院子的孩子唱着、闹着，依次从火堆上跳过。在燃烧的火焰之上，在这"跳春"的民间仪式中，我们知道，这些热闹，这些繁华，终于要告一个段落了。新的一年，开始了。

雨水：古庙钟声

雨水，天地之气交而为泰，草木萌动。我们却不得不收拾起寒假里萌动的心，走过溪滩，到另一个村子的学校，开始我们的"aoe"之旅。

学校就在宫庙里，属于几个村子共享。学生时聚时散，多则三五百，少则数十人。我就学的时候，最鼎盛的时期还没到来，但学生数也有一两百，属于从一年级到五年级都齐全的完全小学。七八个教师，有代课也有正式的，隶属于镇上的辅导中心小学管辖。从村子里出发，越过河滩，走上十几分钟的小路，就进入邻村最为热闹的村道。在一个十字路口的小广场旁，四四方方的宫庙就坐落于此。方石垒就的宫庙门口，涂了一层石灰，上边横着一块硕大的牌匾，上书"平水侯王"四个大字。门洞旁边竖着一块木牌，上面写着学校的名字，白底黑字，也是四个大字："和平小学"。

雨水时节，正月的热闹气总归还未过，上香的人便多。大家都希望赶早，我们背着书包，要好不容易才能从上香的人群中挤过去，一路磕磕碰碰地跑向大殿旁边厢房改成的教室。

"铛~铛~铛~"。上课的铃声适时敲响。隔壁村的大爷站在戏台上，拉着绳子边撞钟，边大声喊："上课了，上课了。"戏台上六七个围坐一圈的老师，便各自拿着书本站起来，朝各个厢房走去。戏台是木头搭就的，顶上的藻井精雕细琢，在几百年的光阴沉淀下，光泽明灭。楼梯下来，老木板受不住重，吱呀吱呀地响，仿佛老戏子上场前的练嗓子，总是在最尖锐的地方断了声音。老师们戏台下来，跟上香的人打着招呼，互相寒暄着，慢慢踱到了教室门口。

　　老师们的课千篇一律，许是当时不爱听的缘故吧，总觉得语文课就是一遍一遍读课文，一遍一遍抄生字，味同嚼蜡。数学课，满黑板都是习题，老师抄上去要花半节课，我们抄下来又花了半节课，一节课就好了。在我们抄生字抄习题的时候，老师们就踱出门去，找人闲聊去了。我们的目光绕过当作教室墙壁的木栅栏，透过摆着木制刀枪剑戟、斧钺钩叉、拐子流星等等十八般武器的兵器架，可以清晰地看到老师们在大殿上四处兜转，没事找事地跟上香的人讨论下谁家的蜡烛最粗重，谁家的愿心发得最大。议论一阵，又踱回来，冲着教室里吵成一锅粥的我们大声吆喝一顿。如是周而复始。

　　"铛~铛~铛~"。下课的铃声也就适时敲响。隔壁村的大爷站在戏台上，拉着绳子撞钟，这回喊的是："下课了，下课了。"我们还没等老师喊下课，像钉在牛粪上的一群苍蝇，被人砸了块石头，轰一声，炸窝一般全散到了大殿前的院子里去了。

　　青石庭院里，每一块圆石都被来往的人磨得光滑。春寒料峭，却有浅浅的草从缝隙里冒出，被我们一踩，又缩了回去。庭院靠近大殿的方向，有两个大铁炉，是上香的人焚烧纸钱的地方。我们团团围着，看香客们将黄表纸一刀刀投入炉中，化为灰烬。有时候，看着一扎的纸不能完全点燃，我们便很着急，到处找小棍子，帮忙捅散了助火势。但这事，得偷偷做，给香客看见，会数落捅坏了纸钱灰，神仙们收到这些钱显得不齐整。我们肆无忌惮，要不是忌讳不干净的东西不能入炉，教室里的扫帚柄估计也会给我们投进炉子里助燃。

大殿靠近香炉旁边，就是两大排的木架子，上面尖朝上钉着一排排大铁钉，是给人们插蜡烛的地方。这蜡烛有大有小，表示着上香人的心愿的大小。宫庙的主事，最怕我们去玩这些蜡烛，看上香的人走了，便过来把我们轰开，快速吹灭蜡烛，拔走堆到他的小房间里去。不几天，就有收购的人上门，花上不少钱重新收走了。

大殿的正中，供奉着宫庙的正神：平水侯王。木塑金身，冠带富丽，瞪着一双大眼睛，魁梧地端坐在神龛之中。据老辈人讲，平水侯王本姓周，因治水有功，死后显灵，被奉为平水侯王，保着这一方平安。大殿两边有小许多的神龛，里边端坐着其他神灵，一边供奉着土地公和土地婆，另一边却供奉着孙悟空。想着孙悟空每每挥舞着金箍棒追着土地公到处跑，这样的组合就不免让人奇怪。然而大家也并不追究其间的缘由，兀自络绎不绝地前来烧香、点蜡烛。

上午几节课结束，上香的高峰期就暂告一段落了。下午，我们会有难得的体育课或者音乐课。体育课就是语文老师上的，铃声"铛~铛~铛~"敲响，老师在门口喊一句："上体育课啦——"转身就走。我们一下子就炸开锅，叠桌架梁，绕柱奔逐，喧嚣之声让别的班级纷纷侧目。但大家都认同这是在锻炼身体的范畴之中，属于体育课，也就不好说什么了。音乐课，全校就一个音乐老师，精壮小伙，是同村的堂兄，暂时找不到合适的工作，就留在学校代课。一两个星期他会轮到我们班级一次课，铃声一敲响，他便站在戏台前，朝我们教室方向大喝一声："你们来!"于是我们一溜烟冲上去，蚂蚁搬家一般，将戏台上沉重的脚风琴抬到教室。堂兄背着双手，慢慢跟在后边，等我们安顿好脚风琴，摆好一张小椅子，才缓缓在风琴前坐下，双脚踩几下，鼓足风，然后右手在琴键上一划拉，发出叮叮当当的一串音符，马上就把大家震住了。在脚风琴声中，我们便认真地唱"蓝蓝的天上白云里"，认真地唱"让我们荡起双桨"。一般的，两三节课下来，大体可以学会一首歌。学会之后，也不免会让老师教我们唱《橄榄树》之类的流行歌曲。

但这样的靡靡之音，敲钟的大爷很不待见。我们这边兴致勃勃起个头，就看他一脸愤愤地从戏台角落的一张破椅子上站起来，跌撞地冲向大钟，拽着大绳子使劲地敲起来。"铛~铛~铛~"。喊声里全是愤怒："下课了，下课了。"我们的"为什么流浪/流浪远方"就此中断。

于是又是语文课。

语文老师开始在教室里为我们读一首革命诗谣："一个声音高叫着，出来吧，给你自由。"声音浑浊，全是正月酒席未过的鱼肉味。院子里倒是有明净的阳光，有生机勃勃的青草，还有从远处吹来的和煦的风，让人感到，这真是一个难得的午后，宁静，安详，慵懒，甜蜜。

然而也就一下子，宁静就被打破了。

一个粗糙的女高音在庙场中间响起，仿佛是闷雷，滚过宁静的校园，在教室里炸开了。"杨，你给我滚出来。"

杨就是我们的语文老师。他惊愕地站在教室中间，谛听着仿佛噩梦一般纠缠着他的声音一寸寸从栅栏外边传来。他的脸孔开始发红，最后红到了脖子根。他的诗朗诵，慢慢地被那庞大的声音吞噬，最后只剩下尴尬、可怜，和小小的愤怒。

"一个声音高叫着，出来吧，给你自由。"我们大声齐读着，望着门口的女人，胆战心惊又幸灾乐祸。

那个女人是杨的妻子。乡村杂货店令人生畏的女老板，我们敬而远之的女巫婆。她常常会到学校来，咒骂她的丈夫，语言丰富多彩，远比我们的语文老师——她的丈夫表达得生动活泼。那些引发她一腔恶气的往往是鸡毛蒜皮的小事。小到当时的我们没有一个听得进耳的程度。

杨老师就那么红着脸站着，一句话也没有，依稀一个被人剥光衣服的示众者，裸露在我们的面前，有点无地自容。

我们看着他的脸色终于由红变成了猪肝红，最后变成草青色。我们期待着他石破天惊的爆发，但终于，他和以往一样归于沉寂。于是一切像从来没有发生一般消逝了。

下雨的时候，大家都慵懒。小手冰凉，端坐于教室不想挪窝。课间，连廊上便完全被女同学占领了。小学校一两百学生，拢到一块，女同学也就二三十号。这一下便霸占了连廊，将她们各种颜色型号的橡皮筋到处拉起来，布置成蜘蛛精们的盘丝洞一般。如果不小心疾速而过，很可能就被勾得人仰马翻。秉承好男不跟女斗的传统，我们只好在旁边远远看看。

但橡皮筋确实也没有什么可看的，规则复杂，动作烦琐，还得加之嘴里念念有词。远不如连廊瓦片上滴落的水滴有意思。那些水珠一滴滴，全部准确地落到庭院里的石臼上，滴答滴答滴答的。要很久很久，才能滴满小小的一个石臼。

其实，水滴也没什么好看的。于是，呆头鹅一样的我们终于议论着，伸长脖子，眼光游移，寻找自己班上的那两个女孩。一个班级二十几个同学，两个女生常常被我们众星捧月。作业没完成，便有人快速冲过来拿了我的给她们抄。打扫卫生，没轮到的男生们也都留下来搬桌子挪椅子的。上着课呢，眼神也不由自主落在她们身上。但散到外边，在差不多一样的灰白、土黄、青绿的毛衣中间，要扫视许多圈，才能找到她们。连廊中间，她们各站一端，给别班女生充当跳橡皮筋的柱子。笔直、瘦小，遇到我们的眼神，咧着嘴就笑了，阴暗的连廊慢慢就光亮起来。

惊蛰：昆虫食物谱

惊蛰前后，乡村仿佛从一场休眠中醒来。"桃始华，仓庚鸣，鹰化为鸠。"果然是春阳之下，各色花鸟虫鱼、飞禽走兽，各种莺莺燕燕、柳绿花红慢慢就开始给乡村谱上声色。孩子们终于从青黄不续的嘴馋中解救出来，可以好好饱饱口福了。

乡下孩子的解馋，自然不能消耗家里的油盐酱醋，那是一家的立家之本，岂是随便能拿来给小娃解馋的。那些诸如烹煮田鸡，闷炖塘鱼，爆炒蛇肉之类，原材料固然处处都有，消耗的葱姜蒜辣油盐味精这些物品，已经远远超出孩子的想象，基本难得试上一回。孩子们只是据着自己来路不明的口耳相传，开启着全新的食物谱系。

正是三四月间，村前村后的竹笋正在疯长。竹笋依着片区各有归属人家，有些人家还指望着竹笋长成竹子贴补家用。茂密竹林之中，你并不知道，哪一株笋是留着长大成材，哪一株笋是可以佐酒糟肉末就食，贸然之间，不易分辨，万一吃了准竹子，那竹子长笋，笋又长大成竹子的这种赔偿算法，在我们臆想之中，会是一个可怕的大坑，因此挖食竹笋孩子们自然是不敢轻易去做。

在这期间，逐渐长大到一个大人高的竹笋，渐渐脱去长满白毛的笋衣，裸露着青嫩的身子，吸引着一种昆虫的到来。那是一种赤褐色的昆虫，头上有着一根长长的黑色管子，仿佛大象的鼻子一般可以自由转动。头管两边还长着两个触角，左右摆动，似戏台上武将的背旗。前足也很长，带有小刺，整只足就有点像小小的镰刀，牢牢搭在手上，得小心才能取下。那时候自然不知道这昆虫学名叫作竹象，我们一直都唤它作笋蟹。我们在竹笋下一摇晃，笋蟹就呆呆站着，继而在不停顿的摇晃之中，收起足爪，终于啪的一声掉了下来。我们伸手按住，用纺线系住它长长的鼻子，就可以带着到处飞了，那种乐趣颇似今天的遛狗遛猫什么的。但更多的应该是有一种操纵其他生灵的快感吧，看它们带着长线飞起来，然后被我们一拽就摔下来，孙悟空逃不出如来佛的掌心一般，让人乐趣俨然。玩够了，小伙伴们聚拢来，用笋衣烧上一堆旺旺的火，各自把笋蟹放火里一扔，听得外壳"扑哧哧"的爆裂声，等到火势消退，笋衣成了一片薄薄的灰炭，这个时候，将笋蟹扒拉出来，去头去足，一股香味便扑鼻而来，入口香嫩，颇有入秋大闸蟹的况味，也许这就是我们呼之为笋蟹的来由吧。

一部分竹笋被大人挖吃殆尽，还有一部分竹笋慢慢就长高，笋衣逐渐剥落，笋身从嫩绿到浅绿到青碧，终于坚硬度近乎于竹子，只有最顶部还包着笋衣，彰显着跟周围竹子的不同。等到顶端也冒出一两枝新芽，笋也完成了到竹子的蜕变，笋蟹也终于没了。漫山遍野，胆大的孩子发现另一种美食正在滋长，那就是蜂巢里的蜜蜂幼虫。在三四米高的松树枝丫间，常常可以撞见一个野蜂蜂巢，不是那种马蜂窝的乱糟糟的一整团，而是灰褐色的仿佛一个葵花盘，规整大气，凌空而挂。有机灵的小伙伴刺溜溜爬上去，小心撕开一点外边油纸一般的膜，基本就可以看见里头是否有蜜蜂的幼虫。如果有，便整个扯下蜂巢，几个人各自掰一瓣，一路拿回家当葵花子儿般吃上半天。但生吃这样的"葵花盘"，还是很需要一些胆量的。撕开的蜂巢探头看去，一条条肉色的幼虫整齐地码在格子铺间，露出头顶一两点的小黑点，甚是恶心。那些年看多金庸小说，见到令狐公子吃五毒酒，杨过吃蜈蚣的豪情万千，自己也想着吃上一口以壮英雄色。但面对那些蠢蠢欲动的虫子，还是学不到小伙伴那般一口一只，吃得津津有味。当然，吃这样的零食也还是得冒一些风险，一是采摘时候如果撤退不及时容易遭遇蜂群，毁家灭门之仇引来的就是集团化的攻击，后果不堪设想；二是生吃时候，当你在同伴们崇拜的目光中派头十足往嘴里扔的时候，常常会误扔进一只快成蜜蜂的半成品，毛毛的，那感觉该是跟吃葵花子儿吃到霉烂的一般，碍于脸面，生咽进去，想来还是很倒胃口的。

和蜜蜂幼虫差不多一样考验人胆量的，还有一种长在木头中间的肉虫子。清晨，早起的大人们从村口的古井里挑来一天的用水倒满水缸，便开始在庭院里劈起柴火。去岁秋冬储存的柴火就堆在院子一角，都是那种被锯成一截截半米来长的齐整的松木。找一块硕大的老木桩垫底，将这一截松木立着，抡起锋利的斧子，一斧子下去就可以劈成两半。大体对劈两三下，就可以得到适合灶头的柴火。我们负责将劈好的柴火继续码到院子角落。搬柴火的时候，偶尔就可以发现一些被我们称作松虫的小虫子，白白胖胖的，有两排黑色的脚点，整个蜷缩在淡黄色的松木中间。这样的松木被我们单独找出来，用小枝丫将小松虫挑出来，胆大的孩子就能直接淡定入口，说味道和蜜蜂幼虫差不多，但因为带着松木的清香，更加清淡甘甜，说得天花乱坠的。我们胆小的孩子，最多也就是抓那么一条，放灶火里一烤，待得金黄焦嫩，完全看不出虫子的形状来，才匆匆往嘴里一扔，味道也没尝出来就入了肚，聊以解一下馋而已。

奇怪的是，很有一些昆虫，虽然外表看起来人畜无害，却是无论胆子多大的小伙伴都不敢轻易尝试吃上一口的。

螳螂首当其冲。乡间小道，常常会有一两只螳螂跟我们狭路相逢。这些翠绿色的生灵一听到人声，就警觉地举起两只钳子，抖动着身子，呲呲地挑衅着。三角形的头部，触须舞动，牙齿犀利，看得人头皮发麻，常常落荒而逃。最让人畏惧的是，这玩意不知道吃了什么鬼东西，还是自带了什么秘密武器，曾有小伙伴们按捺不住，一脚而毙之，结果从那大肚子里爬出铁丝一样的虫子，蠕动着，用脚底怎么抹也抹不死。吓得大家一哄而散，从此敬而远之，更遑论烹而食之。

跟螳螂差不多的就是常见的蝗虫，也没人去吃它们。村后小山坡有一片草地，堆放着一堆竹子，不知时日，很多就朽烂了。不知道什么时候开始，这些朽烂的竹子成了蝗虫的窝点，总有几只蝗虫爬进爬出，我们见多了也不以为意。有一回放学后，我们又在小山坡上撒野，有小伙伴顺手抽了一片竹子出来，一下子，我们惊悚地发现，无数浅褐色的蝗虫从那缺口处爬出来，密密麻麻地扑向草地，那气势如决堤的塘水，一团团一浪浪地翻滚而出，看得我们毛骨悚然，发一声喊，落荒而逃。

但蝗虫哪里肯轻易放过我们，不几日，密密麻麻的蝗虫突然包围了村庄。得到消息的全村男女老少，蜂拥冲到村口看。只见无数蝗虫从远处一拨拨飞来，仿佛是一大片快速移动的乌云，哗一声落在了村外的竹林里。一片窸窸窣窣的声音传来，青翠的竹林马上剩下光秃秃的竹杆子。它们又哗一声落在稻田里，刚刚插下秧苗的水田，几分钟就剩下一片亮汪汪的水面。村民们完全怔住了，呆呆看着一大片一大片辛苦插下的秧苗像突然被调皮的孩子用橡皮擦去一般，目瞪口呆。这么魔怔地看了许久，不知道谁终于醒悟过来，大喊了一声，人们疯了一般，喊叫着，挥舞着脱下来的外套，冲向了田野。我们这些孩子，也被裹挟着，冲向了蝗虫大军。

那些密麻麻的蝗虫，布满了田野，蛆虫一般四处乱爬，整个大地都像在蠕动。一大脚踩上去，蝗虫呼的一声飞走一大片，偶尔会有几只被挥舞的外衣抽到，飞溅出去，肢首分离。但整个蝗虫大军根本不受干扰，在人群纷乱的驱赶之下，一片片起飞降落，把绿油油的大地啃食得一片萎黄。

这场蝗灾持续了不到一天。人们哭天抢地声嘶力竭地投入战斗，蝗虫一群群起起落落丝毫不退。傍晚的时候，人们才发现地上的蝗虫越来越少，很快就像被夜色吸收了一般，不知道去了哪里。不几日，镇上来了很多人，穿着白色连体的防护服，背着喷水壶，慢悠悠地山前山后、竹林田间喷洒着药水。为首的几个人找村民问来龙去脉，但大家都说不出个所以然来。只有我们这些一直跟着看热闹的小屁孩噤若寒蝉，不敢吱声。我们知道，那巨大的蝗虫幽灵，就被封印在那一堆朽烂的竹子当中，而我们，就是那解封的罪人。这最终成了我们的一个秘密，一个人人不再提起的噩梦，从此见到蝗虫也绕道而行，更是没有胆量说什么吃不吃的话题了。

至于烤知了、蜻蜓之类，我们也仅仅是听说，并没有亲试过。蜻蜓一则赤手空拳不容易捉到，二则那腹部跟蝗虫庶几近之，让人望之生畏。知了，则因为蝉蜕可以换钱，有着比解馋更吸引孩子们的地方。而那个时候，要等惊蛰过去很久很久才能到来。

春分：百花开

"春分，玄鸟至，雷乃发声，始电。"放学归来，燕子果然在我们前面一下子掠过，三两只，仿佛几道阴影，一下子就到了远处的电线上，晃晃悠悠站着，都拿眼睛斜斜地瞄着我们，偶尔用喙收拾下黑色的羽毛。等我们走近了，一下子又掠起，飞快地融入远山的黛色中了。

常常就遇到细雨，无边细雨柳如烟，田埂湿漉漉的，踩上去一不小心会摔个狗啃泥。天越来越蓝，四野越来越明亮清澈，红的、白的、紫的、黄的、粉的各色花虽然都小，却开得喧闹。蜜蜂、蝴蝶、飞虫、蜘蛛在草地花丛中追逐。声色光影里，乡村的春天就真正到来了。

小山坡上的茶树花，开始一朵朵开放。那都是些没人采摘的老茶树，茶叶一年年寂寞地生长，又一年年变成老茶叶。一树树黑黝黝地立在某个角落，和村里的那些老人们一样，厚实干硬，老态峥嵘，等待着生命中不知道是否能够遇到的再一次春天。在这样暗色的茶树叶间，白色的茶树花，突然疯了似的一轮接一轮冒出来，拼尽颜色。开始的时候，是白豆大小的花骨朵，粉白娇嫩，隐隐约约从叶子中冒出来，渐渐长到大拇指大小。某个早晨，我们错身走过，突然就发现那些花骨朵已经完全绽开，将所有老态的树叶藏得滴水不漏。那些白色的花瓣重重叠叠，中间是一簇浓密的明黄色花蕊，长满了金灿灿的花粉。这样的花蕾，和着露水，摘下来用嘴一嘬，全部的花蜜就可以吸出。那是一种远比蔗糖清淡，却又多了更多香气的甜。一入口，慢慢就在口腔中化开，沁入咽喉，散到胸腔里头去了，让人顿有心旷神怡之感。但吸食茶树花也要把握火候，太老的茶花，中间的花蕊都枯败了，一吸入口，花粉一下子散开，会呛你一口，一丝的甜味都没有。至于那些还没开放的，则太嫩，你使力掰开，放嘴边一嘬，除了将脆嫩的花瓣碎了满口，嚼起来味同嚼蜡外，是什么甜味都没有的。

溪涧边还长着一种不知名的红色的花。同伴有叫打碗花的，有叫喇叭花的，全部开放后很像美人蕉，有着喇叭一样的花瓣，也可以吸食花粉。整株折下，对着喇叭口一吸，满口的水，但味道要清淡许多许多，让人对吃进去的成分很是怀疑。那种花的茎也可以咀嚼，有茅草根的况味，但来得激烈得多，也让人心生畏惧，怕吃了中毒。

杜鹃花这个时候，也开始在蕨草丛中疯长。沿着山坡一路上去，一大簇一大簇的杜鹃开得昏天暗地。深红、浅红、紫红，把青色的山渲染得热闹非凡。这杜鹃花摘了来，拔掉花蕊，剩下小喇叭一样的红色花瓣，咀嚼起来，酸且多汁，味道也算是不错。而尚未完全开放的花骨朵，摘下来，从花萼部分去掉花蕊，咀嚼起来，酸味少许多，更显得可口一些。只是这杜鹃花漫山遍野都是，违背物以稀为贵的准则，加之吃多了很容易上火流鼻血，我们也就在每年杜鹃初开时节，尝个鲜就好了。开得最灿烂时节，胡乱摘来，弃之如敝屣，山路上丢得到处都是，任随它们零落成泥。

和这些疯长的没有人家归属的花木不同，河滩上一大片荒地，却分块切给了村里的陈吴两姓，要种什么，就有了纷纭的意见，很长一段时间，争执不下，就那么荒着。不知道什么时候，突然有一吴姓能人说服了村民，在这片荒地上种上了油桐树。有几年，这个时节，河滩上就有大片大片的油桐花在灿烂开放着。它们一树树堆满了村庄的外围，齐齐一个小孩子般高，顺着河滩的黑色河床连绵不绝，仿佛一片梦幻的云彩衬托着绿色森林一般的村庄。白花瓣，红花蕊，密密叠叠，招蜂引蝶。那花底下的油桐叶子又大又亮，绿得纯粹，绿得干净，看得人总想顺手去抚摸一下。但这样的花并不能吃，听说结了的果，是做油漆的材料，想想那呛鼻的气味，也是入不了嘴。

虽然是种了不能吃的油桐树，却让吴姓能人大得人心。有一段时间，吴姓能人每日里约村里的同姓年轻人一起在小店喝酒，交头接耳酒气熏天，谈到油桐成熟出售换钱，钱又拿来旧村改造，那种旧貌换新颜的蓝图让大家伙儿一个个兴高采烈，更是容易发酒疯，我们见了自然也会受到一些感染。转眼，就到了村干部选举时间，吴姓能人也开始放手一搏。带着十几个天天一起喝酒的小伙子，抱着红纸包起来的投票箱，走街串巷鼓捣着让村民投票。我们这些小孩也就跟着看热闹，看他们一窝蜂进了一户人家，把小小的门头围得水泄不通，村民一看到这么多人，大体就乐呵呵说我不认识字啊，你随便帮我勾一下就可以了呀。于是能人很热情地跟同伴拿出选票，仔细问了家里的人数，数出相应的选票，就近将选票按在门板上，认真地用笔画上一个圈，扔进选票箱，如是者三，就结束了投票。一切就绪，这拨人又抱上选票箱，跟主人说笑一通，往另一家去了。

也有并不乐意投票的村民，见了一大堆人挤进去，很是不客气地大骂，但吴姓能人一直笑眯眯的，旁边的人又是附和的，又是劝说的，又是一起骂娘的，一片嘈杂声中，也就签字画押了事。

我们闹哄哄跟在后头，虽然在村民说不识字的时候，很想挤上前去帮忙勾几张选票，以此显示自己的识文断字，却被吴姓能人一再轰走，只好愤愤地散去。后来能人终于如愿以偿当上了村主任，成了我们吴姓人家第一个大官，从此走路都是斜的，对我们这些小屁孩更是不屑一顾。虽是同宗同姓，这种当了大官后就飞扬跋扈的样子，很是为我们所唾弃。

大概是因为油桐果真值不了几个钱吧，又或者一直没找到买家吧，没几年，那个吴姓能人终于被陈姓村民群起攻之，最终绝望地离开故乡。听一起喝酒的小伙子们说，是去云南挖金矿了。有一年春天，油桐花开得最荼蘼的时候，村民们在一个陈姓能人的带领下，动手整片整片的将油桐砍伐殆尽。树砍断后，又挖出根，就着同一个树坑，种上了一种叫桃形李的果树。那几日，上下学路上，我们看到大片的油桐树斜躺在溪滩上，枝头的花还在开着，仿佛看着我们这些熟识的小孩子，想说点什么。日子渐久，花才一朵接着一朵地枯萎，最后连那些叶脉分明的叶子也脱落了，完全闭了眼。不久连枝带叶都被烧成灰，成了肥沃果树的养分了。

桃形李尚未长成，连着几年，河滩上开放的就是大片大片的金樱子、覆盆子，大片大片的野蔷薇，都紧紧贴着枝丫开着小小的白花，黑色的花蕊长得茂盛，吃起来味道略杂，上下学路上于林下遇见，顺手摘来，含在嘴里，聊胜于无而已。

等到桃形李开花，我们差不多小学都要毕业了。桃形李果实虽然不像桃子不像李，但开的花却跟桃花一样，白色居多，一树一树，千朵万朵压枝低。这些花在清早上学路上经过，顺手摘下，沾着浅浅的露珠，吸食起来，虽不如茶树花那般清甜，却也有一丝淡淡的香和甜。慢慢的，我们也就忘了曾经相伴的油桐花，喜爱上这遍野的桃形李花了。

可惜好景不长，吴姓能人挖矿赚了钱衣锦还乡，不仅一出手结清了欠了很多年的小店酒钱，还不知道又以什么理由鼓动大家，某个日子，带着浩浩荡荡的村民，将那大片的桃形李也砍伐殆尽了。从此一片安宁。溪滩上又是杂花杂草丛生，让我们随意地像神农尝百草一般去品尝判断。

大片的油菜花长在地里，总有三两个稻草人穿着褴褛衣裳站在田头，风吹来，浓密的花香袭来，吃过一次，就被那浓密的花香呛得剧烈咳嗽，无论如何是无法再摘来放进嘴里的。大片的紫云英也长在地里，低贱得让农人都不想放一两个稻草人吓唬吓唬鸟雀，风吹来，满地东歪西斜连一丝香味都没有，咬到嘴里，跟吃草没有什么区别，只适合老牛卷着舌头大口大口地吞咽进去，我们只好敬而远之。开得异常漂亮的石蒜花，高高挑着花茎，鲜红色的花蕊朝上卷起，生命力旺盛。折断它的茎叶，会有白色的汁液不停地流。有小伙伴偷偷尝过，嘴巴发麻了很久。见了我们，说话都伸着舌头，跟热疯了的小狗一样。这种花牛也不吃，好看却有毒，被我们拿到课堂上，做了"落花生"的反面典型。

田地里的丝瓜，这个时候也陆续长出花来。丝瓜长到一定个头，高高挂在支起的竹架上，一朵朵嫩黄色的花就垂在瓜的底端，还开得娇艳，却也已经完成了育果的使命。村人采摘来，过水、浸一遍香油，在锅里一炒，吃起来，微微的脆，淡淡的甜，是任何的瓜果蔬菜所无可比拟的，就完完全全像足了一朵丝瓜花，明黄黄的，挂在枝头，挂在你的舌尖，摇摇晃晃地再也不落下来。

清明：山上几座坟

　　清明一到，记得总会下几场雨。常常是在田野中走着，突然就一阵雨从身后追来，沙沙沙的，仿佛有人在后边扬沙子，很快撒了你一头就跑远了。四处望去，竹影婆娑，雨丝乱飞，林间的青石板小路在细雨中，泛着清幽幽的光。林荫深处，偶尔散着上坟用的纸钱，雨水的印渍恰似被离人手心汗珠沁湿。到处都是那么一种让人恐惧的聊斋氛围。

　　这样的时候，村里的故事大王，每每在夜幕降临时，会开始一出一出地讲鬼怪故事。邻村乡道上，嗯，就是常常走过的那青石板小路，踩上去没有一点声响，善良的鬼设置下一道道无形的鬼打墙，把夜晚迷路的人一遍遍引回原处，不至堕入恶鬼的陷阱；附近乱葬岗，嗯，就是常常飘出冷冷鬼火的那个小土丘，夜晚夭亡孩子的哭声，听起来像极了野猫的叫声，若走近听，隐隐还有呢喃声；几里外水塘，嗯，就是有长长碇步，水翻转着冒出许多清澈水珠的那个幽僻所在，落水鬼穿着湿漉漉的白衣服，披头散发坐在碇步上，等着不明真相的人经过，花言巧语骗人下水去当替身，好替他守着轮回，自己去投胎；走街串巷的那个矮小货郎，在十来里外的村子遇到熟识的老人，一起聊一阵收成抽一袋水烟，突然想起是已经过世好几年的亡人，一转眼就不见了老人的踪影。回来连续生病了好多天，要不是斋公法术高明，早就被老人带走。这些活灵活现，有着准确地点和人物的鬼故事，听得人浑身汗毛倒竖，偶尔老天爷很配合地在关键时刻一声炸雷，吓得一屋子人一阵惨叫，乱成一团。

至于山妖水怪的故事就更多了，知名的诸如山魈、蛇精，不知名的诸如各种奇花异草，有了一定的年份，就开始幻化人形，看中哪个人，或者被某个人得罪了，便跟踪盯梢，百般祸害，不把人逼疯誓不罢休。然后，故事大王看了一眼屋内，神秘兮兮地说，村里的谁谁就是这么疯掉的，你看她看人的眼神。我们这些孩子马上想到其人那摄人的疯眼，心底的恐惧像野草般滋长。故事大王又看了一眼屋内，更神秘兮兮地说，晚上睡觉蚊帐一定要放下来，别用蚊帐钩子勾着，那钩子，说不定就是千年蛇精幻化而成。我们这些孩子又马上想到雕花大床前那白生生的蚊帐钩子，心底的恐惧已经像潮水翻腾。

但是暗夜的恐惧总是会被白日的光亮压制住。因果循环的报应对我们小孩子而言，太过遥远了。清朗的日子，树在抽她的芽儿，花在吐她的蕊儿，风在一阵阵摇着叶子儿。那些掩映在林间空地的坟墓，虽然是死生的结界，连着无穷无尽的未知，但在大太阳底下，完全没有了一丝的恐怖，反而成了我们竞相追逐"墓饼"的目的地，一遍遍被我们踩过。

屋子后门出去，右手边的林间小道走到底，平缓的山坡脚下，有两三个连成一片的老坟，说是某一户搬到外乡的人的祖坟。墓台低矮，墓前却有一大片空地，芳草萋萋，形成一个天然的大草坪。隔了许多代的血脉，慢慢就显得遥远生疏，这祖坟，常常在清明时节寂寥地卧着。偶尔有些年份，墓主终于大张声势地过来扫墓。等鞭炮声在村后"噼噼啪啪"地爆响，我们得了讯息，撒腿就跑过去，在大草坪中齐齐站定。墓主们忙活停当，便会拿出"墓饼"来分。说是"墓饼"，实际上很少有饼，都是各色坚果花生。许是几年才来一次，这几座坟的主人会大方许多，往往会在坚果花生之外，额外多很多种的饮料，诸如豆奶、汽水之类，是解渴的佳品。拿到之后，小伙伴们齐溜溜站在坟头，开怀畅饮，那印象十分深刻。

从这片老坟往坡上爬十几米，有一个小坟，是村头堂叔伯他们家的。有些年份的清明，头发斑白的堂婶婶会自己炒上一大袋的黄豆子拿了来分。那黄豆子在大热锅中和海沙一起爆炒过，还带着海水的咸味，咬起来嘎嘣嘎嘣的，香脆可口，咸淡适中，很让我们喜欢。只是堂婶婶身体一直并不好，不几年家里又几多变故，那个小坟在几次扩建后，越来越大。堂婶婶心力交瘁，也终于不再炒黄豆子了，清明时节，随便应付我们一些瓜子糖果。少年不识愁滋味，但其中的苦涩况味，穷人孩子自然品味到几分，我们也逐渐不再记挂那些黄豆了。

我们家的祖坟在村尾。沿着青石小道往山上走，走过入冬围塘捕鱼的大池塘，走过四时泉水丰沛的古井，再爬几分钟的山路，在一片浓荫中，两座青石堆砌的祖坟也就到了。扫墓时节，因为是自己的主场，一路吆喝小伙伴们上去。待纸钱烧过，鞭炮响过，便可以当个主人，大把大把地给小伙伴们分糖果了。许是习惯使然，我们家一直习惯分一种叫冬瓜茶的纸装饮料，在阳光下奔波劳苦的伙伴们，一拿过去抓起吸管就狂吸，那种与人分享的喜悦和自豪也是记忆深刻。

并不是每一回扫墓都这般兴高采烈的，祖坟后来也分了一支出去，挨着同一座山，三层台面，气宇轩昂。正对面往下望就是溪滩河床，视野很开阔，有几个叔伯年纪轻轻的就安葬在那边。其中有位叔伯，我们亲历了他的死亡，去扫墓的时候，那些临死前的事就一一浮现在少年人的脑海，心境寂寥，欢乐自然烟消云散。

这位叔伯得了肺痨，在病榻上缠绵了很久很久。他的孩子跟我们同学，堂兄弟常常一起上下学，习惯了病床上有个老爸一直咳啊咳的，并不避讳他父亲的病，家里人也习惯了有这么个病人，依旧有说有笑的。但死神并不因为人们的忽视就不再降临，有一天傍晚，我们放学回来，远远就听到院子里一片撕心裂肺的哭号声，我们撒腿跑进院子，得知叔伯刚刚咽了气。

在哭声中，葬仪按部就班地进行着。主事者拽着还在哭天抢地的堂兄弟，让他去后山墓地报棺，我们也跟着一起去。到了墓地，在一排的墓圹中，找到那早早就修建好的属于叔伯的"红圹"。一干人蹲在前面烧了一堆纸钱，斋公对着念念有词一番，准备停当，由堂兄弟用砖头用力砸开封着的墓圹，哐当一声，那墓圹就露出了狰狞的一眼洞口，空洞深幽，望之生畏。一干人又烧了香烛，算是结束了报棺的过程，哭号着匆忙赶回家。

接着是连着两三天的法事。斋公们主导着整个仪式的流程，也主导着人们的悲伤心情。锣鼓声起，我们一帮小屁孩在院子里一排排跪着，听斋公们在龙角声中高声吟唱着听不清字词的祷词。一大串的词唱完，我们也跪得腿脚发麻，斋公便让我们站起来，又都在灵前烧一沓又一沓的纸钱。一结束，又重新在院子里跪下。周而复始，连着两三天后，大家慢慢消逝了悲痛，都有了早点结束仪式的念头，于是也就终于要结束了。

上午八九点钟的光景，在一连串的祷词后，龙角、锣鼓一声紧似一声，等到院子外鞭炮声噼里啪啦地炸响，院子里的哭声突然就激扬起来，女眷们哭喊着冲向门台，被早有准备的大人们拦住。里里外外，大人小孩，哭成一片，入棺就开始了。那停在门台好几天的叔伯的遗体被一堆的精壮小伙抬起来，安放进了硕大的红木大棺中。鞭炮的爆炸声，斋公的龙角声，乐队的唢呐喇叭声，亲人们的哭号声，在这个时刻都到了最高峰，一片嘈杂忙乱中，最后的出殡也到来了。

抬棺的几个人在孝子带领下打前阵，跟着的是民乐队，抬花圈的队伍，哭丧的队伍，浩浩荡荡，出了院门拐上竹林小径。路口有早就守着的亲人放了几箩筐的红塑料袋，每个红塑料袋里头装着两个熟鸡蛋，红白色的毛巾各一条，还有一包烟，人群经过，各自发一份带上。听同行的老人说，原来还打算绕村走一圈的，因为亡人年纪太轻，就作罢了，队伍就蜿蜒地直往后山墓地去了。

虽然算好了时辰，到了墓地还是要耽误一阵。风水师、泥瓦匠、斋公都挤在墓圹前，各司其职。那黝黑的洞口已经被清理干净，墓圹里头横铺了两根原木，停下棺木，大家都静静等着。有跟上山来的女眷有一声没一声低声哭着。突然风水师就喊了一句："时辰到。"

斋公挺身而起，又一通祷词，之后摇动一声铃铛，墓前的各色人等大喊一声，七手八脚地将棺木顺着原木推进墓圹，入葬仪式就完成了。除了留下风水师、泥瓦匠等少数人处理后续事宜，其他人也就下山了。

入院门还有一个仪式，需要从燃着的火堆前跳过，将原来扎在手腕的麻线取下，扔进火堆。钻进院子，扑面而来的已经是活色生香有说有笑的寻常生活了。

一个人的消逝和他的存在一样，无声无息微不足道。这种角色的转换太快，我们小孩子心底总绕不过去。清明扫墓，渐渐的大家就不愿意去新建的这个墓地。常常是祖坟这边分好墓饼，看着叔伯家的孩子趔趄地往那边爬，自己带一帮孩子转身就去其他所在了。

当然，还有些坟，虽然无关亲疏，我们也并不去。从祖坟旁边的小道出去，翻过一个蕨草丛生的小山坡，会有一小片的桉树林。林下，胡乱安着几个小小的坟茔，都是夭亡的少男少女的坟。一年年，芳草萋萋，从来也没有一个人前去祭扫，风吹过，桉树叶沙沙地落下来，在阳光下激荡起一片寂静的回响。

谷雨：羊牛下来

"日之夕矣，牛羊下来。"

谷雨，"苹始生，鸣鸠拂其羽，戴胜降于桑"。和苹一样滋生的，还有各种杂花乱草。村庄四处草丰水茂，吃了一冬干草垛子的羊们牛们，突然有了新鲜的草料，栏子里自然是关不住。牧羊放牛，就成了我们生活中的重要内容。

羊，并不是农家的必需品，养了卖钱，要有胆略和闲钱的人才会去投资，我们并不常有放牧的机会。有那么一段时间，我们将羊从热烘烘的羊圈里赶出来，那些大大小小的羊们咩咩叫着，互相推搡着，由一头胡子斑白的老羊带领着，气势汹汹地跟着人们到村前的山田里吃草去了。那就好比放学归来撒野的我们，一出去不到天全黑了是不会回来的，完全是不着家的调。

放牛，则要循规蹈矩许多。不同于放羊，牛是要牵着上路的。每头牛都用牛绳串着，牛绳从牛的鼻孔中间穿过，在牛角和牛头上面有个复杂的挽结，这样既可以随时控制牛的行进，又不至于把牛的鼻子拽破。牵着牛，顺着村后层层梯田间的小径蜿蜒而上，牛就默默跟着我们有一搭没一搭地走着，偶尔停下，伸出长长的舌头卷一下路边的草丛，一簇鲜嫩的野草就被它的舌头拦腰切断。这样，牛就边甩着它的大蹄子走路，边咂吧着它的大嘴巴，上下牙"唰唰唰"整齐地磨着，喘一口气，喷出浓郁的青草气息，看起来口水吧嗒，很可口的样子。吃完一口，它又停下来，伸出舌头往路边的草丛间再卷一下。这样走走停停，便到了目的地。

牛大抵都放在村后的山涧边。山涧边有一大片茅草地，山涧水常年流淌，把那片草地滋润得幽深茂密。将牛绳在牛角上扎好，牛们自己就趟进去，一直绕着草地不会走远。这样，我们就可以在旁边自顾自玩开了。

山涧高处是一处瀑布，两壁都是陡峭的岩石。流水顺着岩石一路冲刷下来，在一大片平整的石壁上冲刷出各种形状的石坑，大的半米长，小的也就一个巴掌长，积水在这些石坑中长年流淌，每个石坑都是独立的小水潭子，水最多也就脚脖子深，随便往里头放片树叶，或者折两三根树枝扎一个小木排，抓几只大头蚂蚁扔在上头，水上王国就建成了。

此种玩法，十分挑战想象力，一两片树叶或者折几根树枝扎成的木排，要想象成百舸争流。树叶、木排上探头探脑，遇到水就把脚缩回去的大头蚂蚁则是千军万马。这样，在各种厮杀声中，历史演义中的两军对垒一一上演。暮色四合，牛吃得差不多了，我们便堆上松针，一把火烧起来，演绎的就是火烧连营，剩下一片白茫茫大地真干净了。

有时候烧得兴起，我们也烧蚂蚁窝。矮小的松树枝丫上，常常会见到硕大的土黄色蚂蚁窝，几只白蚁探头探脑，这些蚂蚁如果不处理，不多久小片的松林就会被咬得不成样子。本着替天行道的好心，我们将蚂蚁窝连着枝整个折下来，架在水面上，点起火来，稍微撕开点口子，那些蚂蚁便蜂拥着冲出来，被火一烫，啪啪响着落到地上或者水面上，最后也被流水冲刷得干干净净。

但大部分的放牛时光是无聊的。涧水如常流淌，水声无尽缠绵，牛们一吃起来就没完没了，真的要"日之夕矣"才可以下山。乐趣的匮乏激发人的胆量，有一段时间，大家开始偷偷从家里带出油盐酱醋、黄酒香菇之类，放牛出来，顺路再背出一个大铝锅，这样，在牛们"唰唰"吃草的时候，我们也开始自己的野炊时光。

清冽的山涧水盛上大半锅，把带来的各式调料扔进去，再找几块大石头在平整的石壁中架锅埋灶，一切就准备就绪。这个时节，山间有取之不尽的柴火，田间更是有吃之不竭的菜蔬瓜果。随便去扒拉一些回来，只要不集中扒拉一块田里的菜，大人们知道了也并不怪罪。

柴火烧得旺盛，水扑腾扑腾地响，锅里的香菇和着些许家酿黄酒的香，在山涧里四处飘溢。各色菜蔬随便用手扯碎了扔进锅，美美的一顿大餐就上桌了。春日的阳光正好，阳光底下的我们顺着石壁而坐，学着曲水流觞，喝一口黄酒，传到下一个。抿一口后拿起树枝折成的筷子，吃一口热腾腾的菜，看一眼远处埋头吃草的老牛。再抿一口传来的黄酒，吃一口热腾腾的菜，一抬头，就看见那牛水汪汪的大眼睛正望过来，一嘴的哈喇子流转，恨不得探头过来，"唰唰唰"也尝一口这春天鲜嫩的味道。

牛们的快乐时光转瞬即逝，农忙时节转眼即到。闲置了一个冬天又一个春天的农田，被盘根错节的杂草，编织得硬邦邦的。插秧之前，需要将泥土梳理得松软、服帖、纹路清晰，这个时候，牛们就隆重登场了。

在家里吃了一顿搅合着米糠、番薯丝之类的主食，牛们被我们牵着往村后走。大人们肩上扛着笨重的犁铧，有一搭没一搭地互相聊着，跟在队伍的后面。离山涧还远，层层梯田就干硬地卧于朝阳之下。在自家田头站定，我们的任务暂告一段落，各自玩闹。大人们卸下犁铧，蹲在田头抽一筒水烟，起身把一根弯曲的辕木架在牛脊背上，绑上麻绳，连上木犁，将犁往地头一插，刺溜一声，劳作就开始了。

熟练的农人，在这个时候，会把犁地的活做得赏心悦目。他们一手扶着犁把，一手牵着缰绳，人牛一体，步伐一致，经行之处，泥土一片片如花瓣整齐地开放，每一块都一样大小，翻转得恰到好处，好似土地的纹理被顺畅解开，牛和人都气定神闲，闲庭信步绝尘而去。

而笨拙的农人，干活的观感完全不可同日而语。扶犁之手忙脚乱自不待言，拿个缰绳，也常常被牛脚啊，自己的脚啊，犁的提手啊，翻起来的土疙瘩啊，缠得乱七八糟，时不时把行进中的牛别得龇牙咧嘴，无所适从。笨人多作怪，每到这个时候，农人就对牛破口大骂，更有甚者，怪罪牛拉得慢，扔了犁铧，拿鞭子狠狠抽在牛背上，把牛抽得嗷嗷直叫，眼泪汪汪站在当地。这让我们看得气血翻涌，恨不得将这笨人一脚踹翻，取而代之。无奈牛各自归属人家，跟投错胎一样，祸兮福兮都只好认命。

这样犁完一遍的地，自然还播不了种。翻出的土疙瘩如果过大，需要我们这些小跟班们上前用锄头敲碎。之后，将干燥的农田灌满水，犁换成铁耙，由牛再拉着仔细扒拉一遍，土地就完全松润开来，水田里积了一层厚厚的软土层，如此则万事俱备，只等播种了。

这中间，也有不养牛的人家，农忙一到，就到比较要好的人家里去借，以一筐两筐的谷子作为酬劳。有发狠的人家，为了最大限度捞回成本，一大早就上门牵了牛去，到太阳完全下山了才送回来。我们一看，那牛脊背上的皮都被犁辕磨得血迹斑斑，站在牛栏里"哞哞哞"无助地叫唤着，喂米糠都吃不进去，那种心痛仿佛是自己亲养的孩子，被地主当作长工折磨得不成模样一般。大人们脸皮薄，撕不开脸，每回只好牺牲牛。有一回，这人家又上门来借牛，见我们三五半大孩子在家，腆着脸说孩子们也跟着一起去吧，帮忙收拾下土疙瘩，可以快一些结束，也好让牛早点回来。

虽然心底里骂了一万句，被大人们逼得没办法，我们还是扛着锄头跟了过去。不曾想这人家对牛刻薄，对我们也一样，生怕管顿午饭捞不回本，不停使唤着。临近傍晚，居然发号施令让我们代替牛去他家的几块荒地锄草。这让我们勃然大怒，看着手上磨出的泡泡，想着一天下来的做牛做马，几个人恶向胆边生，哪里管得上家里大人的交代，发一声喊，一拥而上，乱锄挖开他家的田埂，把蓄得差不多的田水泄得一滴不剩。之后，无视呼天抢地的主人，牵了牛大摇大摆回家了。

既然已经闹大，大人们在对方追上门谩骂的情况下，也不甘示弱，扯着嗓门把他家对牛的刻薄，对我们孩子的刻薄都吆喝出去，加上我们几个堂兄弟横眉怒目手握锄头，对方好汉不吃眼前亏，碎碎叨叨咒骂着终于远去。

事情的结局是对方第二天就去集镇上买了头大水牛回来。那牛两角弯成一个圆月，额头扎一大红花，除此外通体青亮，摇头晃脑，膘肥体壮，煞是威武。从我们家后门哒哒哒走过时，见我们都站在门口看着，那主人特地叫停水牛，咻溜咻溜指使着，狠狠在后门泥路上正对我们家门口所在拉了一大泡牛粪。等到他突然想起来牛粪还有大用处，赶了牛急匆匆回家取簸箕时，那冒着热气的牛粪早就被我们铲回家收起来了。

从此两家不再往来。

只是，有些事他家大人们不曾想到。那水牛交给他家小女儿放牧，那小丫头伶牙俐齿很识时务，每回牵着牛出来，哥哥长哥哥短地叫个没完，又从家里顺一些鸡蛋、蘑菇之类出来，给我们纳了投名状。想着仇恨不能传给下一代，于是我们就开开心心地一起胡吃海喝起来。

立夏：拾柴琐记

春夏之间的农闲季节，家家户户开始囤积一些柴火。大人们入山锯得的松木，一片片已经劈好，整齐码在房前屋后。从这些木头旁走过，那些幽幽的松香，总是有一阵没一阵萦绕在鼻尖。一些杂乱的小灌木，一些大树旁逸斜出的枝丫，也被砍来晒干，一捆捆扎好，叠放在院子里。要让这些坚硬大块的柴火烧将起来，则需要多多少少一些引火的软柴火，譬如松针、笋衣、蕨草、桉叶之类，拾取这些，便都落到各家各户的孩子身上。

立夏前后，"斗指东南，维为立夏，万物至此皆长大"。竹笋，自然也在这"皆长大"的行列。一部分笋被人们挖出来食用，还有很大一部分笋需要留着让它们长成竹子。待得这些竹笋长到有两三米高时候，身上那一层黑黝黝的笋衣便开始渐渐泛白，然后慢慢从笋身上剥离、掉落。往往一簇竹丛，下边便有不少的笋衣，一片片半张半合着，敞着光亮的肚皮。放学回家，每个人背一个大竹筐出来，就可以钻到竹丛中捡了。村前村后都是竹林，笋衣又大，不久就可以装满蓬松松的一大竹筐，就是笋衣外边有一层白白的绒毛，一不留神就痒得人厉害。

周末时光，则要背着竹筐去村后的山间割取蕨草。这蕨草并不是那种能长出很好吃的山蕨菜的那个品种。虽然样子很像，也有如伞般张开的羽叶，也在羽叶之中，冒出一支支长长的顶部卷曲的毛茸茸嫩芽。不同的是，嫩芽越长越细，越长越硬，终归成了杂草，只能一起割来生火，不堪大用。也不知道那时候的山里头哪里来那么多的蕨草，总感觉每个周末都在割草，每个周末都背一大筐回家，依旧漫山遍野都是蕨草，割都割不完。有时候割到气愤，总想放一把火，烧个干净，但想到古诗里刚刚背会的"野火烧不尽，春风吹又生"，又想到放火跟杀人是村人并提的恶行，便只好恨恨作罢。

割蕨草很讲究方式，和割稻子有几分近似，只是更考验手劲一些。一般先从根部握住一小把，用弯弯的柴刀齐根割断，然后顺势按住旁边的一簇，刀随手势，一路顺下来即可。熟练的人，风卷残云一气呵成，手上的蕨草很快就从一小把变成一大扎，只几扎就可以填满半个箩筐。不熟练的人，狗啃骨头一般，把草根子割得长短不一，相貌丑陋，速度也慢，两相比较，很为人笑话。

除孩子外，大人们也会参与割蕨草。他们，大体是一猫腰钻进草丛，虎口朝下稍微按倒一小片蕨草，弯刀就随着迎上，最后几乎是手不沾草，吭哧吭哧就将大片蕨草割倒，而后顺手就搁在山坡上晒。整个过程一气呵成，不足一小时就收刀完工。呼啸一声，柴刀入鞘，背着就甩手而去，那洒脱之劲不逊侠客。过几日，再带上绳子上山，将干透的蕨草捆扎起来，用竹竿两头一插，担着晃悠悠就回去了。

这遍地可以找到柴火的"甜蜜的忧愁"，很快就会消解。蕨草尽，群山秃，拾取柴火便开始成了一种真正考验人的体力活。站在村里四望，原来长满蕨草的各处山峰，宛如被剃刀理成宝盖头的脑袋，只剩下山顶一撮暗绿色的林木，在晨光夕照里头静默无言。村子里的新笋还远不到长起来的时候，那些细碎的竹叶倒是可以扫起来，却经不起烧。那些可以拾取的柴火，仿佛被冬日寒意逼走的鸦群，都逐渐退到离村比较远的山边田间去了。放学过去自然是来不及，即使是周末，半天来去，加上一箩筐的柴火任务，路上就少了许多勾连的乐趣，原本算是闲差事的拾柴，差不多要变成纯粹的一种农活。即便如此，孩子的天性使然，在我们的摸索中，劳作还是慢慢变异，最后成了一种嬉戏，颇具寓娱乐于劳动的况味。

走过村前的大片干涸的溪滩，对岸山脚下便有许多高大的桉树，挺拔、干净，在初夏的风中簌簌作响，让很多年后的我读到《世说新语》中"神情散朗、有林下风气"这个句子的时候，无端就想起风从桉树林间呼剌剌吹过的场景。但在当时，林下的宽敞，给我们最大的好处是方便我们划好地块来捡取桉叶。说是捡，其实也并不贴切，我们每个人手上都有一根长长的粗铁丝，一头磨尖，另一头挽个结，拿着戳地上的桉叶。在嚓嚓的声响中，很快桉叶就串了大半根铁丝，拉过身后竹筐，一叠叠捋下去，桉叶翻飞着落入竹筐，淡淡的桉叶清香四散开来，那种成功的喜悦真是不足为外人道哉。

估摸着大家伙都捡得差不多，林下大片的空地便开始成了我们嬉闹的场所。翻跟斗、竖蜻蜓、鲤鱼打挺，各种高难度动作，在这片松软的草地上大可一个个做将过来。一些手巧的孩子，随手就可以把粗铁丝做成一个铁环，在空地里滚起铁环来。有技术的人，总是会吸引众多羡慕的眼光。但要把铁丝还原，则难度巨大。最后，不免将笔直的粗铁丝弄得麻花一般歪歪扭扭，回家挨上一顿打。许是拥有粉丝的诱惑大过挨打的痛楚，每次都还是有人滚起铁环来。

这大片的桉树林，阳光澄澈，和风吹拂，在我们是乐土，在大人眼里却视之为不干净所在。每于出发之前危言耸听，几次三番阻止我们过去。那不干净的东西我们看不到，嘴上的恐吓，终于抵不过玩闹和桉树叶的诱惑，我们自然置若罔闻。

有一回，因为滚铁环被打了一顿的那小伙伴，突然就发起病来。白天跟我们在一起玩闹，没事人一样。到得入夜，就在梦中发起癫来，大喊大叫，哭闹不休，大人唤都唤不醒。连续几夜如此这般，消息传来，我们几个小伙伴人人自危，那看不见的不干净东西，终于仿佛暗夜里的巨大恶魔，露出狰狞模样，笼罩在我们每个人的心头。

小伙伴闹得没办法，家里的大人，便到村头的老郎中家里求了十来张灵符过来。那灵符不过是一张作业本纸大小的黄表纸，被大人慎重捧着，四处贴在几个入村口的大树干上。纸上用毛笔龙飞凤舞竖写着几行字："天苍苍、地皇皇，我家有个夜啼郎。日间吵闹无安睡，夜间作吵着人忙。过路诸君读一遍，一夜睡到大天光。"

我们每每路过，便停下来高声朗读一遍，希望那恶魔就此消失。果然不几日，小伙伴又生龙活虎回到我们的队伍。这让我们很是骄傲，觉得自己居功至伟，对这"夜啼郎"也就颇多颐指气使。以富有手艺为人敬佩的小伙伴受不了这种角色的变化，几次三番之后，终于大为不耐，有一天，从家里偷出一张灵符，说是贴床头的，靠着这灵符，才终于不会哭闹的。我们看那符上也是龙飞凤舞一行字："奉陈李林三位夫人敕令保安罡"。那陈夫人我们是知道的，附近村子就有她的庙宇，叫陈十四娘娘，除魔卫道的故事我们也听得许多，很是景仰。又想着这灵符仅此一张，占据床头，而被我们不断诵读的灵符则有十几张，分据村口，谁在这场看不见的战斗中发挥出更重要作用，就不言而喻了。才叫了几天的"夜啼郎"外号，只好默默取消。

桉叶并不耐烧，有时候要一大堆才能引燃那些大块头的松木。那么一筐，三两下就噼噼啪啪烧光了，半日心血，转眼成灰，看着委实心疼。加之这夜哭的梦魇如影随形，我们便决定不再去桉树林，走上更远的距离，到远山去薅松针。

松针，其实就是松树的叶子。都说松树冬天不落叶，事实上，过了冬天，还是会落下大片的松针，只不过是其他树木树叶青接不了黄，而松树不会罢了。

松针大部分都一层层铺在松树下，乱石嶙峋，杂草峥嵘，用手是没办法薅上来的，我们都人手一把竹耙子。用竹耙子在山地上一抓一挠，松针就一小束一小束被卷进耙齿，一耙子满了，解下来放箩筐里，然后再薅，要塞满这么厚实的一箩筐，得在山上挠个大半天。挠得累了，席地而坐，阳光穿过松林，明媚地照耀山岗，风一阵紧一阵慢，漫山的松涛让人听着听着就身心俱静。

太阳快落山时节，每个人都可以背着沉甸甸的一箩筐松针下山了。打发疲惫的，就是手上的竹耙子。竹耙子用一根细竹当柄，前端接上扎好的耙齿，一般从五齿到九齿不等，拿在手上，颇像猪八戒的九齿钉耙。挥舞起来，兀自霍霍生风，大有"今日长缨在手，何时缚住苍龙"的英雄气势。这么一路打斗下山，往往把耙齿给打折好几根。好在乡下人家，每家每户都会点竹编活，村头村尾随手砍一根趁手的竹子来，锯断剖开，分成一片片的竹条，将竹条扭弯用铁丝固定住，在火里烤上一烤，竹条就定型了，用这些换上几根耙齿也就顺手拈来。我们这些孩子，终于也没有因为这个招大人的打骂，倒是渐渐的，松针慢慢稀少，我们的拾柴任务也就告一段落了。

小满：野有蔓草

时令一入孟夏，小满不知不觉就到了。雨总是有一阵没一阵地下着，山色似乎经历一个冬天的沉淀，又经历一个春天的蓄势，终于苍翠得可以融入雨里头。四野的草疯了一般生长，"野有蔓草，零露溥兮"，对我们而言，溥溥露垂的野草，很多是猪的好饲料。放学归来，任务便集中在打猪草上。

那时候的农家，家家户户都养上几头猪、几头牛。猪到了年底宰杀了帮衬家用。牛则是干农活的好手，无故不会下杀手，养上十年八年，与人俱老。对每一户农家而言，养好猪牛，是家中一等一的大事。牛，大部分时间可以牵出去漫山遍野放养，爱吃啥自己使劲找。猪则不成，一牵出去估摸着就会撒腿跑到山上落草为寇，成了野猪。各家于是都在屋前屋后收拾出一个猪栏，填上稻草柴火，围上厚实的木栏，让猪在里头安身立命，吃了拉拉了睡睡了吃，一门心思长膘。这自然就会耗费许多的食材，每日的糟糠总有青黄不接的时候，猪草就不可或缺。

在小满还未来之前，漫长的冬季，家家户户基本靠着窖存的猪草填饱猪的大肚子。这窖存的猪草，大体是入冬之后的番薯藤。自家种的番薯锄出来之后，藤蔓就在田垄间晒上几天，等得青翠色慢慢被阳光萃取成金黄色，蓬勃的生命力慢慢凝结，我们便去田间收拢过来，拿长草绳捆扎起来，用一根长长的竹竿插上，吃力地挑回家中。光靠自家的这些也还不够，大人们去市集上再买上一车两车的番薯藤回来，堆得走廊间厚厚实实的，过不了人，这样，挑个日子，就要入窖储存了。

这样的日子并不是随便什么时候都可以，要连续的晴日之后，村里的妇人们也都忙好了自家的活，终于能抽出空来。于是吃了晚饭，在走廊里拉一盏一百瓦的大电灯，七八个人聚齐，每人手上分一把大菜刀，脚下再窝一把大菜刀，就开始热火朝天地忙碌起来。坐在小板凳上，每个妇人身前放一块大木头砧板，身边是一堆小山一样的番薯藤。那些番薯藤自然早被我们放学归来后，扎成一截截堪堪盈握的藤束。妇人们一手挥刀，另外一只手伸手便可够到，然后也不需看，自顾自说着家长里短，大菜刀兀自不停，刷刷地飞快切下。很快，那一藤束便成了一小堆一寸长短的藤段。周而复始，一直就这样忙到了夜半。

切好的番薯藤得架一口大锅，烧上热腾腾的水，放在水里焯一遍。之后用大木头瓢子捞上来，放大竹篓子里滤干，倒进院子角落的大缸里。那大缸齐腰埋进土里，露出一小截缸口，刚够我们踩着小板凳可以爬进去。在缸底站好，我们孩子的任务，就是赤脚等着把大人一竹篓一竹篓倒进来的番薯藤踩结实。切碎的番薯藤被我们双脚使劲捣踩，汁汁液液都被踩了出来，看着没有多少水分可以榨取了，我们就停下来，用大水瓢在上面撒一层盐，边撒边踩，那一刻，我们深刻领会到时间不仅仅是海绵里的水，也是番薯藤里的水，挤挤总会有的。这样踩结实了继续堆上去，一层又一层，周而复始，渐渐觉得冬夜的露水冰冷地附在衣襟上，抖一抖就有一层凉意贴着身子。渐渐又觉得脚下的汁水也越来越冷得彻骨，盐撒在脚上，一点点被汁水吞噬，泛起的冷气将原来的兴致一寸寸冷却。困得不行的时候，大人们就搬来硕大而又圆润的石头压在缸顶，储存的活终于结束了。

入冬之后，这样的番薯藤基本也就发酵完，掀开缸盖，一股浓烈的无法言说的气味扑鼻而来。每日里舀上一大瓢，添到烧好的泔水里头，搅一搅，猪们就呼噜呼噜地吃得口水四溢，看得我们偷偷咽一口口水，默默走开。猪也就这么一直臭烘烘地吃啊吃啊，吃到了小满时节。

"苦菜秀，靡草死。"江南的这个时节，最多的是荠菜。这种长得跟萝卜缨子一般的野菜，一簇簇长在田垄之间，抓住根部，用力一拉，就整株被我们拔了出来，很容易就可以摘满一箩筐，是我们的首选。荠菜大部分都长在村后山的水田地里，在春天的细雨中，水田里很快就踩满了杂乱的小脚印。等忙活得差不多，背着大箩筐，小脚使劲在田里踩，原来的那些小脚印便开始连成一条条的小水渠，造小水坝，挖小水坑，顺便溅对方一身的泥浆，成了我们最开心的时光。

荠菜慢慢地长，最后长出一串串三角形的绿色小果实来的时候，已经显得很老了，猪就不爱吃，我们便开始选其他的猪草。马齿苋，村口那片黑色的溪滩里总是有很多，绿色的小牙齿一排排整齐地排列着。一只手整株拔起来，另一只手总不免习惯地去捏碎几粒小牙齿。此外还有一些叫不上名字的小花小草，只要是肥嫩多汁的，都可以采摘。但这些猪草总有个缺点，就是不够有料，拔个半天，尚不足塞上箩筐的一个底，拿回家之后，切碎，放大锅里烧上一遍，只能当佐料。有时候，看着谷糠和泔水混合起来的热腾腾的猪食，哗啦啦倒进猪槽，上边点缀着辛苦拾掇的猪草，总感觉小猪那摇头晃脑的哼哼声里，是美味吃不够的不满和抱怨。

要不了多久，紫云英开始大片生长，大芥菜一垄垄满地都是，猪的温饱就算是彻底解决了。野有蔓草，不尽是猪吃的，终于也轮到我们挑一些自己喜欢吃的野菜的时候了。

鼠曲草，在田垄之间疯长，一株株毛茸茸的，顶着黄色的小花，拔起来会带出点点的泥土，甩一下就干干净净。这样的鼠曲草采一小筐回来，交给大人们捣鼓干净，揉搓成粉，跟糯米合成团，就可以做成鼠曲粿。长长方方，入锅蒸熟，蘸上红糖，入口甜香，细嚼还有青草的干净气息，不像吃糯米那般容易生腻，很为我们所喜爱。邻居有外乡来的巧手媳妇，做鼠曲粿别出心裁，曾经送来一些尝过，滋味难忘。不是简单的蒸熟，而是做成青团，里边杂糅以笋丁、肉末、五香干，咬一口，汤汁满口，恨不得连舌头都吞进去。

山蕨菜这时候也被我们采摘来，做了餐桌上的常客。这山蕨菜虽近似蕨草，却远为肥嫩多汁。沸水焯过，去掉卷曲的头部和老化的根部，整段入锅，佐以香油、生姜、大蒜、辣椒，爆炒一下，端上桌来，青红绿白相杂，香气扑鼻，委实是下饭的佳品。

青绿的马兰头，虽然也常常被我们摘了当猪草，但单独挑出来，细细剁碎，伴以鸡蛋一起煎炒，入口节节脆响，微微甘甜，也是一道滋味独特的菜肴。

所有这些野菜加在一起，都比不过母亲调制的"地衣羹"。须得连绵几日的雨后，天尚未晴，空气清新，田野一片水气蒸腾，溪滩杂草边的岩壁上，开始滋生着黑色的地衣。长得有几分近似木耳，却要小许多，脆弱许多，稍微多用一点力，这地衣就在手上碎了，化成水珠，遁入草丛，归于大地，怎么也找不到了。我们都小心翼翼地，跟着大人将岩壁上的所有地衣采摘殆尽，也不过是小半篮的光景，间或杂着青草叶，散发出甜甜的初夏味道，撩拨得我们口水四溢，急匆匆赶回家。

拾掇地衣更要小心，间杂的草叶自不待言，那些藏在地衣根系般错杂的底部的碎屑沙粒，都得一粒粒拣出。之后，小半篮的地衣就在一脸盆清冽的井水中舒展开来，逐渐回复到附着在岩壁时的气色，剩下来的事就交给母亲来操办了。

过不了多久，院子里疯玩的我们，开始闻到浓郁的香气，酸、辣、甜，五味俱陈。回到饭桌上，一大碗"地衣羹"端放在桌子中间。肉捶碎在淀粉里腌够，成了一碗羹的主料。那需要小心安放的地衣，耐住滚烫的汤水的几回沸腾，一片片悬浮于汤中，起了完美的喧宾夺主作用。碧绿的葱叶，雪白的葱段，火红的辣椒，各以其美，将一碗羹点缀得活色生香。啜饮一口，香嫩的肉羹，脆爽的地衣，一起在口腔中爆裂出鲜美的滋味，妙不可言。这样一人一碗喝下来，热汗淋漓，通体舒展，觉得人间美味，尽在此中。只是"地衣羹"量不多，入口即化，有猪八戒吃人参果的无尽缺憾。

每每这样的时刻，父亲一定要热一壶黄酒跟母亲对酌。夜色阑珊，室内橘红色的灯光明明灭灭，一家人团团围坐，热气蒸腾中，酒香渐渐弥漫，盖过菜肴的香气。一两杯家酿黄酒入肚，父亲便照例问我们几个小屁孩一声，要不要也来上一口？胆大如我，坐在父亲身旁斟酒，这个时候自然借机呷上一口，引来父母几句笑骂。不知不觉睡意来袭，那年少的无忧无虑，那满座的欢声笑语，渐渐地都沉入少年人的无边梦境中去了。

芒种：谷可稼种

芒种，"五月节，谓有芒之种谷可稼种矣"。这个前后，正是春耕时节。

对我们这些半大孩子而言，最早需要操心的农活，就是分秧。陆游有诗云："陂塘处处分秧遍，村落家家煮茧忙。"稻种先是播在秧田之中，之前的撒种和拾掇细腻并且富有技术，并不需要我们这些小孩子插手。犁地也是技术活，由牛和家里的壮劳力一起完成，我们可做的除了跟着牛打个下手，更多的就是牵着牛回来，好好喂一顿青草就行。分秧没有什么技术含量，便成了我们的最重要农活。

稻种成苗后，几百上千株密密长在一小片水田中，就要分拔出来，是为分秧。之后，又紧接插秧。从此刻起，那种忙活，就开始铺天盖地来了。

正是梅雨时节，田里都是明晃晃的水，赤着脚挽起裤管踩进去，水慢慢就淹没脚掌，淹没脚脖子，带有晚春的寒意。穿着蓑衣，戴着斗笠，雨水依旧能够细细地钻到身上，也是让人一激灵的寒意。在寒意里头弯着腰，把秧苗一株株拔起，大概一捧大小，就拿沤烂的稻草扎起来，扔在田头。慢慢地，田里的绿意就集中于陇上，水汪汪的水田，全是一脚脚踩出的小塘，塘底一些游丝般的泥水，在不断激起的水花间荡漾着，最后终于又都伏了下去。抬头看看，到处都是分秧结束的水田，在如烟的细雨里头，仿佛一面面镜子，倒映着云，倒映着山，倒映着偶尔几棵树，倒映着陇上匆忙的几个农人。

也有懒散的孩子带着小方凳到田里分秧的，坐在秧苗中间，很快就要移动一下位置，这当头，极力去拔陷在泥水中的凳子，最后弄得人仰马翻，也是一种不大不小的乐趣。但坐着，就更容易被水淋湿，我一般都不带凳子过去。就那么弯着腰，极力让自己被淋湿的速度慢些再慢些。待站起来，水还是从两个裤管汩汩而下，更让人恐怖的是，因为长时间没有挪动，双脚上会有几只蚂蟥吸附其上，不觉其疼，若不是血水顺着泥水长流，基本不会感受到。

这让我们恐惧不已。我们知道如果伸手去拔它们，它们就会越钻越深，甚至身体被拔断了，头就会钻进去，我们听闻太多的故事，知道蚂蟥钻进人的体内，会在身体里繁衍生息，最后把人的血全部吸干。这让我们嗷嗷大叫着冲上田埂，跳脚大哭。

每每这个时候，大人们不慌不忙，先是用沾泥带水的手使劲拍打我们的脚肚子，让蚂蟥在不停地拍打中震落。如不见效，还有个杀手锏，就是拿水烟壶里烟味浓郁的水倒在蚂蟥身上，受不住刺激的蚂蟥一个激灵，也就落在田埂上，大人们于是拿着火柴把它们烧成了灰烬。这样一来，我们对下田分秧畏惧不已，犹豫之间，分秧也就差不多结束。

秧苗由大人从秧田挑到插秧的水田里，照例总有一段距离。吃了午饭，我们也就出发赶过去。水田里每隔一段距离，已经抛着一扎秧苗。熟练的农人，可以准确地分割好秧苗的距离。只要你一路插下去，手上的秧苗插完了，一抬手，刚好就会有续接的一扎。插秧照例是倒退着进行，将三四株秧苗分出来，随意地往被犁铧分过，被水浸泡得松软的土里头一插，只要不被水泡浮起来，大体就会存活下来。偶尔抬头看看眼前插好的几行秧苗，那种歪斜状如过路的蚂蚁一般，总是羞愧得不敢和旁边的叔伯们插得横平竖直的秧苗比较。路过田头的农人，也常常会停下来，善意地嘲笑几句，以此吹嘘自己技术的高明，也借此打发漫长而劳苦的春耕时节。

三两天之后，秧苗终于陆续插好。在水里泡了几天，手大体都得脱一层皮，提笔翻书，不免有钻心的疼。好在芒种大体就过去了。这个时候，窝在家里几天，村里村外就有人"咣咣咣"敲着锣，吆喝着让大家去村口宫庙前看"跳马灯"。

宫庙口辽阔的空地前，围了几十个村民。敲锣声咣当咣当的，却听不见什么人声。挤进去一看，十几个半大小孩，身着黄绸衣裳，披着个红色披风，每个人都套在一个竹马中间，铛铛铛地围成一个圈，手拿马鞭，哼着小调，互相追逐着。仔细看一阵，听一阵，慢慢发现门道，原来这种追逐居然还是在还原生活中的场景，大体是卖布、卖棉纱、收稻谷、补碗之类，都是鸡毛蒜皮鸡零狗碎的乡村故事，这就远没有才子佳人帝王将相的故事吸引我们。只是没地方可去，于是跟着大人张大嘴巴乐哈哈看一阵。

这般看不了一阵子，班头突然拿着铜锣出来，咣咣敲两声，向围观的村民一抱拳，开始大声说着走江湖的话，准备收钱了。那些大人突然就奇怪起来，目光越过人群，迷离涣散，没看见伸到眼前的铜锣，没听见班头一再的暗示，互相搭讪着，就此散去。我们这些小孩子见机慢，等发现大人的伎俩，已经来不及，被晾在场地中间，被班头盯着，一时间更觉得那竹马也瞪着大眼睛盯着，让拿不出钱来的我们无地自容。这么杵一阵，想着长久对视也不是办法，发一声喊，四散逃走了。

这让马灯队很是无趣，进而愤愤，进而放话要到宫庙里头拜祭，投一投村民的无理，这么用心的风调雨顺、五谷丰登的好戏不捧场，那么，就风不调雨不顺罢，就五谷不丰登罢。如此这般，在班头的带领下，十几头竹马气势汹汹堵在村里长者家门口，纠缠不休。

想着刚刚种下的秧苗在水田中摇摇晃晃，根还没有完全扎进泥土，脉系还没有完全和土地连为一体，想着不可知的未来风雨无常，想着洪水、干旱、蝗虫、大饥荒，老人们哪里按捺得住，急急叫了人带着班头挨家挨户收钱去了。

方才围观的村民，无一例外都被带队的村民数落了一通，极不情愿地拿出五角、一块钱，投入跟着收钱的班头的铜锣里。不曾围观的村民，被告知要替自己凑热闹的小娃出钱，骂骂咧咧的，更不情愿地掏出一毛、五角的，远远掷入锣中。这么一大圈要下来，小小的铜锣里终于堆积了小小的一摞毛票子，跳马灯的事算是应付过去了。

看着班头带着一队半大小孩，各自拎着马头马臀，明晃晃地移动着，最后在村头的土路尽头绝尘而去。我们几个小孩，虽然只是被大人数落了几声瞎凑什么热闹，却着实在心里对看热闹生出许多恐慌，天下没有免费的午餐，从此刻骨铭心。

跳马灯不常有，这个时候的布袋戏却年年上演。依旧是村口宫庙前的空地上，靠宫门的侧面，支上一个塑料凉棚。一个档口，一个木箱，布袋戏的全部家当就摆放在里头。得到消息的卖熟食的小摊贩们，沿着凉棚渐次摆开，将一个辽阔的空地团团围住。入夜之后，村民们纷纷搬出大板凳，面对着小戏台子依序排好，布袋戏就上演了。

说是戏，并比不上周边的熟食吸引我们。几个提线木偶，被后台一两个人摆弄着，简单的锣鼓二胡铿铿锵锵咿咿呀呀，说唱念用的都是方言，夹杂着几句脏话，台下大人看得哄堂大笑东倒西歪，我们却觉得粗鄙，心底里就有几分排斥。加之那木偶浓妆艳抹，容颜有种说不出的诡异，我们看几眼，就觉得可怕，就更不敢跟看社戏时候一样挤在台前了。远远看几眼就罢了，更多时候心思完全流连于一两碗的牛杂碎汤间。

布袋戏要演个三五天，时间长，也不像马灯戏一般各家各户来收钱。不花钱，又热热闹闹的，算是乡村漫漫长夜的点缀，聊胜于无。只是听说那艳丽的木偶，很容易成精，几天演完，一个个木偶头就被卸下来，放在主事人家里的大锅里蒸煮一番，如此这般，在可怖之外，让我们心生几许怜悯，一念闪过，就不敢多想。

雨，还是有一阵没一阵下着。几日闲暇之后，我们的春耕，也要开始最后的一项活了，那就是除草。趁着雨季尚未结束，杂草尚未长大，人们各自下到田里，顺着秧苗中间的每一排过道一路扒拉下来，有时候也就把水搅搅浑，自己心里能过意得去就行了。如此，春耕就结束了。

秧苗长在田里，还有很长一段时间才慢慢结穗，才慢慢浆粒饱满，才慢慢发黄，老得弯下腰。那个时候，夏收，提起来就汗流浃背的农忙才会到来。而这，对我们而言，和未来一样遥远，一样不需要费劲去多想。我们，有将近大半个月的富余的农闲时间，搂草放牛，摘瓜偷豆，安静的村庄在此之后会有一个喧闹的属于孩子们的时节。

夏至：大地的气息

夏至，夏天真就到了。《韵会》曰：夏，假也，至，极也，万物于此皆假大而至极也。

"一候鹿角解，二候蜩始鸣，三候半夏生。"

然而南方林子里麋鹿并不可见，大知了在树上却叫得正欢，树荫下随意滋生的半夏也长势喜人。村子像是被人抬到夏日这口大锅上的一个硕大蒸笼，火尚不旺，水也未沸，热腾腾的各味气息却在村道上开始到处游走了。

最先在村子里散发出来的是诱人的粽子香。那是夹杂着糯米的醇，黑豆的干，红枣的甜的香气。在这些让人食欲大开的香气之间，还萦绕着箬叶特有的清香味。在村道上走着，用力吸一口，粽子香气从鼻翼直入咽喉，在口腔中稍微逗留一下，直奔入胸。而在回味间，箬叶的香气又隐隐在鼻翼间飘浮着，让人欲罢不能。

箬叶照例要在端午前几日采摘。天气晴好，我们一帮孩子得了大人的指令，唰一声就散到了后山去。爬到半山腰的溪涧旁，会有一株株的箬竹密密地生长着。这些并不成材的竹子平时毫不起眼，枝节杂乱，粗细零落，不堪大用。这个时候，那枝头挑着的为数不多的青翠叶子却成了抢手货。箬叶一般都只有两三个巴掌大小，连柄摘下，很快就可以松松地铺满一小箩筐。回家来，用煮沸的水浇泡，青色的叶子，在滚烫的水中一激灵，天青色转淡，很快就成了浅绿色，再把这些浅绿色的箬叶在阳光下曝晒一两天，收拢来，用撕成丝状的棕榈叶子扎上，包粽子的箬叶就准备好了，顺带着扎粽子的棕榈叶子也有了。

很快，村子里每家每户都开始包粽子。那香味也可以让我们这些馋猫很容易就分辨出是谁家的粽子蒸熟了。村头的大姆毫无例外，蒸的是糯米粽，只有糯米纯粹的香，像一锅饭又一次煮熟，不沾一点其他气味，想象一下，就能知道入口无非是苏打和糯米饭的味道，吃上一两个可以，但太多自然就会腻，并不被我们喜爱。

年高德劭的大姆却不愿放过我们。她住在村子东头，在我们这一族中，算是最年长的老人。许是长年累月，习惯于在家门口喊自己的孙女回家吃饭，她慢慢习惯了自己高音喇叭的角色定位。当她开始召唤自己孙女的时候，声音嘹亮清脆，布满黄昏村庄的整个天宇，让我们感到老年人的气息无处不在，最后忍无可忍，都集体催促混在我们中间玩耍的孙女赶紧回去。

粽子煮熟后，大姆也会习惯性地站在门口，扯开嗓子吆喝我们这些小辈去吃。在持续不懈一一点名的呼唤声中，我们只好硬着头皮，跟着她的孙女一起，跑过竹林中的碎石子小道，到大姆独门独院的砖瓦房中去报到。领上一个热气腾腾的糯米饭团，我们要当着她的面剥开粽叶，在那充满期待的目光中，假装吃得津津有味。但弄巧成拙，越是显得津津有味，越是会招来大姆热情的"再来一个"

的殷勤招呼，无奈之下只能装作不好意思，落荒而逃。

带着甜腻的枣香的，是婶婶家的粽子。四五十岁的婶婶年富力强，干农活是一把好手，说话大声，一个不如意对我们就是一通臭骂，最喜欢包的粽子就是蜜枣粽。我们若从她家旁边经过，她总是在热气蒸腾的灶头大喝一声，叫我们进去吃粽子，不能牙崩半个"不"字。热乎乎甜津津的大蜜枣自是好吃，包围着大蜜枣的却是普通的晚稻米，几近一碗白米饭。千辛万苦吃了周边的米饭，留大蜜枣周边一小块，一大口下去，正待大快朵颐，牙齿却很容易磕到大枣核上，嘎嘣一声，让人防不胜防。为了不招骂，只能用舌头将枣核快速拨拉到嘴边，咽下嘴里的食物，待出门来，才敢吐出一口琳琅的枣核。吃蜜枣的乐趣，烟消云散。

邻舍伯伯家散发出来的粽香最丰富。孩子多，劳动力多，家境好，他家总是会做品种繁多的粽子。肉粽、鸭蛋粽、糯米粽、红枣粽、豆粽，一串串挂满梁下。肉粽中就有一两块煮得烂熟的瘦肉，鸭蛋粽中就有大半个香气四溢的鸭蛋，都是不计成本，用料丰富。这些粽子的香气都不同，萦绕在一起，编织成一张巨大的诱惑之网，让我们都情不自禁地往他家跑。但不知道为什么，小伙伴们满怀期待接过来的粽子，十有八九都会是糯米粽、红枣粽、豆粽之属。而我大概率接到手的就是肉粽、鸭蛋粽这些品种，在小伙伴们垂涎欲滴的围观下，囫囵吞枣，别有一番况味。其中缘由，想来也是运气使然吧。

时日渐进，在滋味各异的粽香之中，慢慢会混杂进来一种辛辣的味道，在大地上游荡。村口的老中医一脸的皱纹，嘴巴里没有一颗牙齿，干瘪着，整张脸看起来像极他家里的一块龟甲。这个时候，他总是特立独行地开始炒盐。那些平日炒菜时候并没有多少气味的盐，被老中医加了许多自己囤积起来的、叫不上名字的黑黑白白的中药，片状的，草状的，根状的，林林总总不一而足。正午时分，那一大锅盐就准时下锅，各色杂陈，在铁锅里翻炒不多时，就有一股浓郁的味道蔓延开来。这种味道只要站在他家门口久一点，就会粘在衣服上半天不消散，苦、辛、咸、辣，很是呛人。许是经过他家门口的人多了，这股味道越来越强劲，萦绕在鼻翼挥之不去，整个村子的粽香就都被掩盖了。就像一塘干净的池水，突然被注入了一股泥浆，整个池塘都浑浊起来。

这样的盐，却是治疗拉肚子的神药。老中医并不将之出售，谁家大人小孩拉肚子，去他家就可以免费要一小包过来，泡着开水喝下去，基本上是药到病除。

不两日工夫，粽子香和午时盐的辛味都慢慢在村道上消散了。

家家户户开始借着大太阳做豆酱。

豆酱的制作，我们这些孩子参与得并不多。倒是之前的种豆，我们出力甚巨。大豆种在旱坡上，一垄垄备好土。大人们就开始在前面用锄头扒拉出整齐的小坑，我们抱着豆种，亦步亦趋，一个坑一个坑地投放过去。投完一个坑，就用小小的鹤嘴铲将坑填上。一垄填好，大人又在原来的小坑旁边挖一排略大的坑，等着我们给大豆施肥。

这施肥的活，就十二分的累人。猪圈里的猪粪、干草已经发酵成臭烘烘、黑乎乎的肥料，被大人们掏出来，一大坨堆在院子里。

我们赶回去，装上满满两簸箕的肥料，一路颤巍巍地挑到山上。到了田头，直接就用手抓，一块块扔进坑里。为了减少回去挑肥的次数，我们尽量减少分量，随走随掩土，不留痕迹。过上几个月，大豆成熟，我们又得上山去，整捆整捆，将大人收割好的豆秆挑回家。剩下的脱豆粒、晒大豆，进而做豆酱之类的活，就交给大人了。

做豆酱据说每户都有方法，秘不示人。有一段时间放学回来，突然就发现家家门口放着的大酱缸被塑料布盖了起来，慢慢也就开始闻到豆酱的味道了。

这是一个复杂的味觉感知过程。黄豆在缸中发酵，有一段时间，会散发出霉烂的味道，不是东西发霉的那种淡淡的气息，而是浓郁的臭腐味。这些腐烂的味道，跟夏日村子里到处可见的茅坑散发出来的臭味混杂一起，整个村子就像被蒸煮过头的一锅臭豆腐，让人无法呼吸。太阳越来越烈，不几天，黄豆就全部发黑，突然间，村道上飘荡的味道就开始带着一丝甜甜的酱香了。

这样的转变很容易让人以为是鼻子习惯了臭味的缘故，如入鲍鱼之肆，久而不闻其臭。但毕竟完全不同了。一股混合着酱油香、熟豆香、炖肉香的味道在大地上飘散，豆酱就做好了。豆酱拌饭，豆酱蒸鱼，豆酱佐菜，都有不同的风味。特别是在之后的漫长时日，我们会吃玉米粉烙的饼。在火炉上烤好一块玉米饼，在干硬的饼上涂满一层豆酱，趁热嚼起来，那干燥的味道，马上被驱散干净，单调中多了许多丰富的甜味，渐觉的是种舌尖上的享受。

天气越来越热，仿佛为了配合这令人窒息的蒸笼感觉，夜晚，田里劳作归来的村人总会烧一堆草木灰。或在田头，或在村道，甚至就在院子里。用易燃的蕨草堆积，拌以劈成薄片的木块，构成一个内核。然后从田里挑来一大担的黄土，细细地堆在内核上。一切准备停当，村人扒开一个小口，点燃内核，火势一起，迅速将小口用黄土掩埋起来。这种堆砌的水平，很见村人对泥土和草木秉性的熟悉。此中好手堆砌的草木灰堆，可以烧上数日而不熄，每一块泥土都充分燃烧，成为白色的灰烬，助力农作物的生长。那几日，暗夜星辰下，草木灰冒着白烟，偶尔突然会吐出一丝火苗，很快又成了白烟。那烟混合着杂草、干牛粪、湿土的味道，慢慢的慢慢的，成了一个密不透风的盖，让睡梦中的我们感觉自己真的要蒸熟了，那味道，就是自己熟了后的味道。

小暑：耕耘有时　收获有时

　　山坡上几十棵杨梅成熟。一树一树，青红相间，挂满枝头，只要看上一眼，牙齿立刻泛酸，口水四溢不能自已；地里各种农作物喧闹生长。一大片的玉米，顶着大穗子，甘蔗林一般整齐划一。一大片的水稻疯狂吐穗，一阵风过，点头哈腰颤颤巍巍；换季的一大片梯田，裸露着惨白色的土地，一垄垄，等待着新的作物播种。

　　小暑前后，最忙的乡村生活就这么开场了。

　　所有的活都赶在一起，错过这个节骨眼，就颗粒无收。村子里每个人尽是行色匆匆，打招呼也是喊叫的方式。在村路远处一见，不及近身，便喊道："饭吃了没?"另一方大喝一声："吃了。明天天晴吧?""老天这是漏了。"说话间已经擦肩而过，仿佛两个骑士，"哒哒哒哒"义无反顾地顾自远去了。

　　杨梅就要烂在树上，谷子就要烂在地里。首要之务，就是摘杨梅。大家每天关注着老天爷的脸色，指望梅雨有个间歇时候。终于某个清晨，家里人突然早早喧腾起来，拽起睡得七荤八素的我们，大声说今天不要去读书了。我们便知道要去摘杨梅了。

　　每个人带几个箩筐，在树底下的斜坡上一字摆开，大人们不知道在张罗什么，我们这些小屁孩无一例外都爬到了树上忙乱起来。每个人拽着个大笨箩筐，将杨梅枝丫用力折回，这样一枝一枝地摘过去。一开始每个人都小心翼翼不让自己脏了手，很快就顾不上了。手上、身上都是杨梅的汁液。黏糊糊，湿漉漉的，慢慢就影响采摘的效果。这样一筐半满，我们在树上将筐垂下来，又提上个空筐继续采摘。如此周而复始，很快树上就只剩下绿油油的叶子了。

这样采摘的杨梅，自己是吃不了多少的。吃几颗，牙齿就酸得厉害。更不幸的是，如果吃到布着蜘蛛网的杨梅，舌面上马上结一个大水泡，疼得不行。要急急赶回家，用白酒盥洗多次才行。更厉害的症状，就要用纱布蒙着头，将白酒蒸煮起来，对着舌头不停地熏才有望解决。

杨梅采摘回来，在屋子里晾了一地。那些颗粒小的，都被大人挑出来，拿个大酒缸泡甜甜的杨梅酒喝，其他的则等着人上门收购了。

地里的活依旧没完没了。我们放学回来，常常经过地里，顺手除些野草，顺手摘些瓜蔬，不见个消停。在这样的忙碌里头，镇里的会市就到来了。

赶会市成了小暑前后最重要的娱乐活动。整个会市大体是三天的正日子，前面筹备一天，事后又拖延一天，折腾起来就有这么五六天的光景，够我们这些小屁孩闹腾一番了。

走半个小时不到的青石村道，看到两条溪水汇聚的一片开阔地，再顺着溪畔走几分钟，就看到帆布棚子搭建的临时摊点，一溜过去，水泄不通。到处人头攒动，喧闹声震天响，这就到了镇上了。

小镇横横竖竖也就三四条街道，那些临时摊点都分着区域，汇聚着各路刀叉犁铧斧子镰刀，稻子大豆玉米菜籽，长椅方桌锅碗瓢盆，袜子短裤衬衫 T 恤，林林总总，被各种各样的手摸来摸去，几天下来都变了颜色。

我们的活动范围就集中在溪边的老街道和横街上，它们汇成一个 T 字形，基本满足了我们赶集的所有需求。沿溪的那一竖是各种吃食，油炸的灯盏糕，咬进去里头是油汪汪的萝卜丝和鸡蛋花，香味劈头盖脸直冲进鼻子；小木盒子蒸的糯米发糕，松软热乎，吃起来舌头都放不平；穿成一串的豆腐泡，摆满竹筐的豆腐干，松脆的油条，甜腻的巧舌，平时难得一见的美食，一股脑地都摆了出来。掂量掂量口袋里的钱，小伙伴们腆起肚皮，学着猪八戒对小妖们说的话"都别拉拉扯扯，待我一家家吃将过去"，那豪情真是直干云霄。吃到了长街尽头，一抬眼看摆着几十担竹筐，我们知道那些就是大倒胃口的杨梅了，我们连看一眼都不爱看，转身就往回走了。

横街上则是各式各样的农具、用具。吃饱喝足，带着家里交付的重任，我们要挑一些东西回去了。犁铧、锄头这些大件，我们是不会挑选的。但家里的草刀坏了好几把，却需要补充。割稻子也快到了，镰刀也要再增加几把。于是几个小伙伴便冲进农具店，忙活起来。

草刀是弯月形的，主要是割蕨草和杂草用，重点在半弯处的刀刃是否锋利。我们拿到手，横着用手指轻轻刮一下，那种锋利的刀锋在手指上刮过，是涩涩的，不会打滑。选好后，我们就将草刀插在背上的木头刀匣里头，转身去选镰刀了。

镰刀却不能用手指去试锋利与否。那种层层叠叠的刀刃，从每个角度去试，都会割伤手指。这个时候，店家每每会使坏地说："你试试，你试试呗。"如果你真的去试，店家便明白你是新手，准会挑些坏的刀给你了。我们互相这么提醒着，果然也没有挑到不锋利的镰刀。

店里还卖许多的秤子。最多的是那种差不多一手长的秤，毫无特色地堆放在柜台脚下，买的人却最多。那种一人高的大秤则霸气地立在墙角，我们兴致勃勃围过去，力气大的就顺手提起来，那大铁钩子咔咔地响着，几乎可以把一个人勾起来称了。这种大秤配对的秤锤有一个脸盆大，要费吃奶的劲才能提起来。墙上还挂着另一种超小的秤，秤盘只有小手那么大，秤锤小得一口就能吞进去。我们一直不知道这个秤是干吗用的。"兴许是称种子的?"自己想一想，那一大把一大把随便往地里扔的种子，需要这么金贵的称么?大家自我否决着，乱纷纷出了店，往村里赶了。

这样的会市，实际上更是那些年轻人的天下。一年一度的集市，仿佛是一个不得不赴的英雄会，让英雄折腰，美人稽首。又仿佛是一场盛大的演出，英雄佩宝刀，美人妆红粉。他们的脸上荡漾着欲望和意念，一到时候，就从四面八方向小镇涌来，仿佛无数条江水在这个小平原汇合，而江水里则是无数条过江之鲫。只有黑色的头颅在移动，黑色的后边还是黑色，黑色的前边还是黑色。流动的黑色之河下，隐隐隐约约有各种色彩的衣服、裤子在闪动。仿佛跃上水面的鱼，一闪即逝。唯有黑色是永恒。

充满活力、热情、青春期无边骚动的他们，在集市里快活地游动着。那么多的鱼在河流里游着，终于有两条年富力强的鱼碰了一下，身上的鳞片彼此擦落了几片。于是两条鱼扭打成一团。

其中一条鱼我是认识的，是四乡响当当的一号人物。有一年，也不知道因为什么事，他和几个比他大许多的年轻人结下了梁子，那伙年轻人放出话来要给他好看。结果在一个大清早，他单枪匹马，将那伙年轻人堵在了到小镇的必经之上，赤膊的他，腰后插两把大板斧，叫骂了一个上午，没有一个年轻人敢来应战。自此一战成名，威名远扬。

然而这次厮打，他明显落入下风。对方人高马大且不说，身边还有几个帮手。三下五除二，就把这人物打翻在地，还踹上了几脚。虎落平阳，几多悲愤在他的胸腔中膨胀。挣扎着出了围观的人群不多久，他又如黑旋风般的来了：手持两把亮闪闪的板斧，一路呼喊着冲了过来。人群发一声喊，各自作鸟兽散。更有胆小的娇滴滴的姑娘家，更是一路跑一路大声尖叫。

集市这条河流仿佛旋起了个巨大的漩涡，又仿佛蝴蝶效应，从这个中心辐射出去，搅得鱼虾们动荡不安。

如果没有这一回的漩涡，这些生命在更多的时候，是可以让人想象他的生活轨迹。从村庄的某个角落升起，仿佛太阳一般朝气蓬勃地走向田野。那些禾苗、稻穗，九月早晨带露的豆苗，十一月充满凉意的田间野草，都仿佛纠缠在他脚边的小狗，顺从地听他的指挥。生命长到一定的程度，他开始独立，身边的人从父母换成了妻子，然后是孩子，孩子的孩子，最后，生命垂垂老去。有一天，夕阳西下，他躺在棺木里，静悄悄的，被人抬到后山，和黄土一起逐年消散。

集市就是生命里的一种点缀。一棵茂密大树上的一朵花，一片蔚蓝色天空的一朵云。它是一个异数，一个缤纷的生命礼花，在天空冉冉开放。开放之后，也许就是消亡。

那人物的大板斧逼到那群人前面时，几个人站着不动，嘴角挂满了嘲笑。有种你就砍。带头大哥威严地说道。也许他在倒地的那刻后悔透了，对一个红了眼的人如此说话等于在油锅上再撒把盐，不是把自己往刀口上送啊。何况这个红眼的人根本就不知道之后自己得流落异乡整整一年，然后在某个夜晚溜回家后，就扣上了守候在他家的警车，从此就在乡场彻底消失。

附带遭殃的是那人物村里的庄稼，它们静静地长在田垄，一个秋季没有人收割，村里的年轻人在警察的围捕中逃得一个不剩，老人们站在村口，不住地望着遥远的村路，期盼自己的孩子那充满活力的身躯再次出现。一个村子的人躁动不安。庄稼慢慢就烂在了地里。

只有我们这些小屁孩，带着集市上买回来的农具，一言不发地扎进了泥土里。村前村后的地里，那些已经熟了，即将熟了的玉米、稻子、西瓜，都还在静静地等着，等着我们一件件收拾过去。

大暑：消夏记

大暑至，腐草为萤，土润溽暑，大雨时行。

大雨果然是偶尔才有。常常是醋畅淋漓地将村子浇个通透后，连着许久都是大太阳、大太阳。毫无遮挡的乡村时日，到处是酷暑造成的窒息和迷糊。热气从四野，从屋檐，甚至从栖身的脚底、草丛间汩汩而来，整个大地好像置于滚热的蒸笼中，无处藏身。中午时分，困意四起，若要稍微睡上一觉，耗尽时间带着竹靠椅四处终于找到竹丛间的阴凉处，也不过一会儿工夫，汗珠就顺着脖子而下，似蚂蚁一般爬得满身都是。有睡相不好的，抓耳挠腮之间，整个人和靠椅一下子仰翻过去，扑腾到滚烫红尘中，半天才能缓过劲来。

此热无计可消除，总是这样。对乡村孩童而言，真正能够消得暑热的方法，得等到老天爷收了酷热，丝丝凉风吹拂的傍晚时分才有。那个时候，放牛归来，人和牛一起往河滩走去，阳光虽明晃晃的，却善意了许多，牛虽还时不时吃一口路边的青草却懒散许多。心照不宣地到了河中足够水深的所在，这边厢人还没有下水，那边厢牛已经"哞"一声叫，"哗"地卧到了河中央。河水快速淹没牛拱起的身躯，似乎可以听见一块烙铁急剧降温后发出的嘶嘶声。那种混合着牛栏、青草、牛粪的气息一下蔓延开来，冲向下游正在游泳的孩子。

不消多久，水里的那些孩子就哇哇叫着浮上来，远远地绕开。牛兀自顾自地甩着水淋淋的尾巴驱赶那些栖落在脊背上的蚊蚋、牛虻，浑然不管孩子们投来愤恨的眼神。即便如此，凛冽的溪水诱惑力还是惊人，不多久，牛和人也就各得其乐。孩子们在混杂着各种味道的溪中潜水、仰泳，不亦乐乎。只是上岸之后，可恶的牛虻会冷不丁叮你一口，让你痛得要死。

也并不是每个日子都能游泳。大雨不至，河水慢慢就藏到了大地深处，河床上就剩下一大片一大片的鹅卵石，连一丝水的印痕都见不到。孩子们的游泳就改成去村头的古井冲澡。古井不深，连着三级青石台阶下去，就可以舀到清冽的泉水。大概那么十几桶水后，古井就见了底，不出十几分钟，水又汩汩流满了。古井边用青石砌成一方露台，在晚风拂过竹林的沙沙声中，孩子们脱个精光，站成一团，各自打水从头上浇下去。冰冷的井水似午夜溪滩的石块，兜头盖脸，让人遍体生寒，所有的暑热立刻就消逝不见了。如是者三，基本上也就可以挎着水桶，沿着竹影婆娑里的青石小路跑回家了。

晚饭后，夏夜的纳凉也要开场了。庭院里稍稍洒些水，板硬的泥土地微微有了些水意。每家每户将各自的竹床搬到院子里。竹床睡的年份不同，颜色也大不相同，青涩的大体刚刚打成，微黄如温润如玉色的总有个三五年了，最久的竹床泛着暗红色的光，犹如沾染了过多的岁月烟痕。但无论什么年份的竹床，很快就给轻纱一般的月色盖住了。有勤快的人家，在院子的远处上风口点燃一堆艾草，将蚊虫熏得差不多的时候，纳凉终于开始了。

躺在刚刚用井水擦了一遍的冰凉的竹床上，或者靠在竹躺椅上，白天的暑气早就慢慢消退。大人们在这个时候总是天上地下，东家长西家短闲扯，常常会说着说着，谁的声音就响了起来，然后几个声音一起劝，慢慢的便都沉寂下来。之后又有一个高声起来，然后又归于沉寂。

这样的时候，孩子们大体并不能安静地躺着。消夏焉得不娱乐？在白天不能发泄的精力，终于在凉爽的夜晚派上用场。三五个人，出了庭院，顺着竹林跑上几步，就到了旷野之间。不经意间，萤火虫就三三两两从眼前飞过。追逐着捉到手，半粒黄豆般大小的萤火虫伏在手指间一起一伏地喘着气，很快荧光就不亮了。再往前走，就是一大片黑色溪滩，是上百上千年前的河床吧，常年没有水，长满了荆棘和矮小的油桐。过个不久，会有许多蟋蟀在草丛间鸣唱，拿着手电筒循声照去，就有青头大眼的蟋蟀抖着两根触角，傻愣愣地趴着不动，顺手就可以捂在掌心带走。

玩累了，孩子们便偷偷往村头跑，这些沙地里到处都种着西瓜。大体是今儿个谁家骂了哪个孩子，在这个孩子的提议下，大伙往西瓜地里一钻，一垄垄"啪啪"地拍过去，顺手摘下个大熟透的西瓜，很快人手一个，抱着跑到古井边。西瓜在井水里泡着，伙伴们大声地说着，想象着明天谁家发觉西瓜被偷的那种气急败坏，一个个乐不可支。

吃了冰凉凉的西瓜，大家伙散到各自的庭院里，大人们还在有一搭没一搭地说着话，互相传递着水烟壶，吧嗒吧嗒的抽水烟声此起彼伏，浓郁刺鼻的烟草味在院子里经久不散。闲坐着听一阵，找到一张竹床躺下，四野间几声蛙鸣几声鸟叫，长天上一轮明月万点繁星，慢慢地也都模糊起来，夜色深沉，伙伴退去，黑夜算是真正来到我们每个人眼前。

半个月亮爬上来，天空朦朦胧胧，黑夜开始如一只巨大的怪兽，张牙舞爪，将白天遗留的温暖、光明、熟悉都吞噬殆尽。剩下的一切在惨白的月光底下显得不可预见。一个又一个网，一层又一层的纱，世界被包裹得严严实实，一个人躲在月夜里，动弹不得。

这样的黑夜里头，无依无靠，我们就知道，稍不留神，可能触及某个古老的禁忌，把黑夜这个怪兽激怒，让他在你的生命里头兴风作浪。躺在竹床上，盘点一番，一桩桩一件件去想，越发精神亢奋，越发胆战心惊。

比如说，月亮底下梳头发是不行的。长长的头发，沾染了烦恼和恐惧，一梳之下，在深夜中四散开来，运命可能就此不顺。好在我没有那么长的头发，这个禁忌对我形同虚设。

还有就是，月光底下不能吹口哨。这就让我非常沮丧。吹口哨是我在伙伴前能拿出手的为数不多的技能之一。白天的匆匆忙忙让我没有办法一展绝技，唯有夜晚，万籁俱寂，一声口哨，银丝般牵出一大帮孩子，煞是热闹。

但这居然也是禁忌。自从听老人们这么说，我就彻底垮了。那种嘹亮、悠远，仿佛林间鸟鸣，仿佛山间水流过硕大的石头倾泻而下的美丽声音，从此就离我远去。我害怕我的哨声惊醒黑夜这头怪兽。我偷偷试过，只要一吹口哨，黑夜就开始发怒，过不了多久，正如老人们所言，起风了。风从远处而来，冰凉，带着月光的寒气，还有泥土的腥气，笔直地抵达心灵，让人不寒而栗。最重要的是，月光般寒冷的风过后，我们不能知道接着到来的是什么，往往是长时间的寂静，唯有月亮在路上行走的声音，"沙沙沙"，在远处响着，"沙沙沙"，让我终于放弃了吹口哨。

这个时候，甚至傻傻地盯着月亮看也是不行的。

"少时不识月，唤作白玉盘。"谁知道，课文中和蔼可亲的月光光，一到现实中，就神圣不可侵犯。老人们说，无论什么时候，手指都不能指着天宇中高悬的明月。弯月如刀，她嫉恨所有指向她的不恭的手指，在某个夜凉如水的夜晚，它会悄悄潜到你床旁，用薄如蝉翼的月轮，在你的耳廓后来上一下。你的耳廓便如熟透的西瓜，腾的一声，清晰地裂开来。没有血丝，整齐地从耳廓上方蔓延而下，直抵你的耳垂。是否能够愈合，则看你对月亮的认罪态度了。

这让我躺在竹床上，对"床前明月光"心惊胆寒。辗转反侧中，我努力抵挡住困意，睁大眼睛望着月光，担心她突然长出脚来，无声无息爬到我身后，趁我入睡，哧溜一声给我耳廓来上一下。谁也不敢保证，自己在某个手舞足蹈的伙伴聚会中，在瓜地的顺藤摸瓜中，不会伸手指过月亮？或者说，伙伴众多的时候，它是否会误认月光下颤颤的那根手指是我的？

虽然耳廓被月轮划过的人，仔细想一圈，也没想到谁。但耳后那冰凉的感觉，就慢慢在长夜里滋长。想到秋夜庭院的柚子树上，确有许多被月轮划过的柚子，一个个如同婴儿的口，在树上无助地尖叫着。老人们也信誓旦旦地说，瞧，这就是样子！白日里的暑热，至此彻底消失得干干净净。

　　但太阳起得很早，把竹床烤得热乎乎，终于躺不住人。翻身起床，明晃晃的阳光一照耀，夜里的畏惧一下子就消失殆尽。跟小伙伴们一合计，大家依旧觉得是老人们不希望我们在夜晚玩得太迟，才给夜晚设下了一个又一个禁忌。这就好比那么好吃的鸡爪，为了不让我们吃，就说吃了以后，手就颤抖着拿不起笔；好比那么爽口的鱼子，总是说吃了会算不出数学题，都是蒙人的招数。如此这般一通分析，大家兴高采烈起来，无所顾忌地投入夜晚来临前的各种嬉戏之中。只是，等半个月亮高挂空中，恐惧，毫无例外，又一次蹑手蹑脚来临。

立秋：蟋蟀有声

　　立秋，凉风至，白露降，寒蝉鸣。每年的这个节气前后，村子前面那大片的河滩，一到傍晚，便充盈着各种各样的秋虫叫声，其中以蟋蟀的叫声最为嘹亮，此起彼伏，仿佛是一张声音编织的梦幻之网，将河滩酝酿得光怪陆离，吸引着我们这些孩子沉湎其间不能自拔。

　　河滩很大，亿万斯年的河道变迁，自然在村庄外围形成了两片河床。靠近村子的一片河床常年干涸，黑褐色卵石滩上长满了杂草、荆棘、野蔷薇，还有村民渐次种下的大片矮油桐树、矮桃形李树。秋天到来，满眼都是充满层次的黄。往外的另一片河床，一下大雨，清澈的溪水便在溪滩上肆意流淌，形成一圈一圈的小洼地。但过不了几天，所有的水便都消退了，剩下大片大片的白色鹅卵石，裸露在阳光下。似乎那些温润如玉的溪水，只是这些晶莹的石头做的一个潮湿的梦而已，梦一醒，一切干涸如前。正因为如此，这片溪又被村民名之为竹篮溪，盛不住水。

　　有蟋蟀的溪滩，自然是那些杂草丛生的所在。暮色四合，杂草间、荆棘丛中便传来嘹亮的鸣声，嚯嚯嚯，啾啾啾，就在耳膜深处响着。待你蹑手蹑脚走近，一下子就停了，然后远处又传来喁瑟的歌唱。那种瞻之在左，忽焉在右的感觉，很多年后读到诗经的句子"七月在野，八月在宇，九月在户，十月蟋蟀入我床下"，也是这般跳跃，也是这般飘忽，也是这般寥廓，那韵味居然就从记忆里头找到了共鸣点，一下子丰满立体起来。

在彼时的我们看来，蟋蟀有两种，一种背上有金色龙纹的，浑身油光发亮，神采奕奕，这是雄蟋蟀；另外一种背上没有花纹，但个头普遍较大，颜色黯淡，尾部有三根须，这是雌蟋蟀。溪滩上发出嘹亮歌声的，是雄蟋蟀，这也是我们的捕捉对象。万一捉到雌蟋蟀，大家看一眼，嘟哝一句，自认倒霉，把它顺手就放了。也有脾气暴虐的家伙，一无所获之下，将雌蟋蟀五马分尸泄愤。

捉蟋蟀有很多名堂。入夜，月光如水，溪滩跟白日里相较，仿佛蒙了一层轻盈的薄纱，朦朦胧胧，却看得清个大概。几个人仔细分辨出一处草丛有鸣声传来，慢慢靠近，扒开草丛，用手电筒照过去，便会见一只硕大的蟋蟀，抬着个大脑袋，抖动着触须趴在那里。用手掌拱成弧状，一把合上，蟋蟀便落入手中。也有藏在石砾之中的，这得慢慢清开小石头，等最后一块石头移开，蟋蟀受了震动，会快速跃走。这就需要捉的人眼明手快，快速将手掌罩上，如此，也可以将之收入五指山下。但正因为要求捉的人反应要快，也会出一些状况。譬如一巴掌拍过去，蟋蟀早不见踪影，手掌却结结实实拍在石块上，疼得龇牙咧嘴。甚而手掌拱得弧度不够，一掌把蟋蟀拍得浆汁四溅，黏在石块上，空欢喜一场。

溪滩的杂草丛中，石砾堆中，并不是只有蟋蟀这一种生灵。长着骇人的獠牙的绿头大蜈蚣，稍微胖一些憨一些的马陆，步腿细长踩着高跷一般的盲蛛，肚子里总有一条铁线虫的螳螂，还有各种虫蚁、蚂蚱，常常会在我们搬开石头的一瞬间冒出来。这些没什么好玩的，我们便不会去招惹它们。万物各得其所各按其时，在我们不捉它们的情况下，它们也远远遁走，并不会侵犯到我们。

大片大片的白色鹅卵石的溪滩所在，虽然没有蟋蟀，但在偶尔常年蓄水的小水潭间，会栖息着一些石蛙。一身虎纹，虎头虎脑，攀附在湿漉漉的石壁上，呱呱叫着，气宇轩昂。我们这边厢抓蟋蟀抓得不亦乐乎，村里的几个半大小伙却喜欢哗啦哗啦从我们身边喧嚣而过，摸到水潭边去抓石蛙。那些白天里头踪迹全无的生灵，一入夜更是机灵敏捷，本不易被人抓到。但这些半大小伙不知道哪里得到的招数，带着明晃晃的手电筒，偷偷藏在小水潭附近，一听到石蛙呱呱开始鸣叫，马上几把手电筒打开，笔直照耀过去。那石蛙被亮如白昼的光亮突然照见，目瞪口呆，只能束手就擒。

这些石蛙被他们捉走，自然逃不脱灭顶之灾，去头剥皮，加蒜加辣椒爆炒，成了盘中美味。但因为珍贵，我们跟在他们屁股后面好几回，也终于无缘分一杯羹。这让我们很是愤愤，每每看到他们从村口啪嗒啪嗒出动，我们便赶紧往小水潭旁边靠过去，甩几块大石头进去，在这些半大小伙围剿之前，先把石蛙给吓走。据说也颇有几分成效，反正这些半大小伙子越走越远，终于要远行到山涧之中去寻寻觅觅了。

平坦的溪滩，所有的惊奇和诡异一览无余，但在山涧中，则隐藏着太多的不可知。特别是暗夜里头，你更不知道人迹罕至的所在，会是什么生灵的天下。这些半大小伙子为了口腹之欲，铤而走险，终于有一天就受到了大自然的警告。

也是躲在山涧小水潭边静静守候，突然听到呱呱声传来。几个小伙子手电筒直接对准照耀过去，手快的一跃而起，伸手就扑过去。身子冲出去的当口，眼尖的就猛然发现，那呱呱在叫的哪里是石蛙，分明是一条盘踞鼓腹的五步蛇。在小伙子的手快抓近的时候，五步蛇也一跃而起，箭一般激射而来。电光石火，俱在一念之间，惊恐莫名的小伙子双手乱舞，居然成功躲开五步蛇的攻击。那五步蛇一击不中，蓄势待发，小伙子们已经嗷嗷叫着各自逃窜下山。

这一番惊吓，半大小伙子们终于断了抓石蛙的念想。"那五步蛇居然会学石蛙叫！这是成精了。"每一回他们都以此来结束自己的叙述，在村人的一片惊叹声中，得到些许见过世面的慰藉。

万物相生相克的道理，这些小伙子还不如我们懂。情花丛中会有断肠草，石蛙旁边会有五步蛇，都是这个道理。这好比夜来溪滩上，突然听到某处蟋蟀声特别嘹亮刺耳，就不能急巴巴搬开石头就扑过去，兴许，那旁边就蛰伏着一条硕大的绿头大蜈蚣。或者，竟然是大蜈蚣学着蟋蟀在叫也未可知。

当然，这些话那些半大小伙子们听不进去，对于我们这些还处在只会捉蟋蟀阶段的小屁孩，说的话哪里能当真呢。

蟋蟀捉着后，我们就把它养在火柴盒里头。每个火柴盒只能塞一只蟋蟀。夜来床前，也能听到"嚯嚯嚯""啾啾啾"的鸣唱，却完全不似旷野之中的响亮悦耳，许是对住所不满意吧。小伙伴中，亦有人央得家人用竹篾编成一个蛐蛐笼，开一小口，也用竹篾编一小门插上，通体晶莹剔透泛着黄灿灿的光芒，铺上茅草尖，仿佛一个明朗朗的大卧室。这个用来养蟋蟀，已经属于炫耀行为，艳羡之下大部分小伙伴也只能愤愤几声而已，毕竟不是每户人家的大人都是那般通情达理和蔼可亲的。

这么养上几日，终于到了用兵一时的时刻。须晴日，找一处田野，选一平整的田地，挖出一条只能给一只蟋蟀容身的小沟。各人将蟋蟀放出来，就可以坐山观虎斗了。两只蟋蟀在狭小的沟缝中相逢，触须相抵，几分探视之后，便亮开翅膀，嚯嚯地斗上了。这个时间并不长，很快就有一只蟋蟀抵不过，拼命从沟缝中爬出来，战争就告一段落了。若要再用草梗撩拨它们进沟，它们就抵死不从，落荒而逃，观战的乐趣也就了了。

后来读王世襄《锦灰堆》，才明白捉、买、养蟋蟀自不待言，光是斗蟋蟀的器具就有过笼、圆笼、提盒、蟋蟀盘等许多讲究，想到当年田地中一沟缝就可以打发，颇是自得其乐一番。

一两个月之后，蟋蟀的鸣叫声慢慢就听不见了，有那么一个晚上，天地万籁又归于寂静，月光泠泠一地霜白，一个时令就过去了。

处暑：此间的少年

处暑，"鹰乃祭鸟。天地始肃。禾乃登"。但南方，那肃杀还要再迟一些才能到来。稻禾，也要再迟一些才能成熟。溪涧山林，是我们这些放了暑假的野孩子的乐园。

从村头往东边，是乱石嶙峋的一座石头山。巨大的岩石层层堆积，叠出许许多多大大小小的洞穴，占据了山中的一大片地方。无处可去，我们便常常在乱石之中攀来爬去，看着那黑黢黢的洞口，很想进去一探究竟。但村中一直盛传，其中有洞穴直通东海，很多很多年前，有胆大的村民不听阻挡，打上火把，钻进去后就再也没有出来。过了很久，村人居然在海滩上找到这村民的尸首。

"这是通往龙宫的洞，小孩子千万不要爬进去。"村人以这样的告诫结束这种奇幻故事。

这就好比给了我们一个古色斑驳的木盒，一再嘱托我们不能打开一样。巨大的对未知的诱惑冲昏了我们的头脑，就算真是个潘多拉魔盒，我们也一门心思要打开来。

某个午后，我们便聚拢来，家里有手电筒的就偷偷带出来，余下的从竹林间捡来许多干枯的竹子，点燃来，从最大的洞穴中蜂拥而入。入洞前，凭着不知道哪里看来的知识，说只要火把熄灭，说明洞里就有危险，大家就原路返回。约定后，一个接着一个，进了洞穴。

入口处不过是两三块光滑大石头叠出的一个缝隙，侧身弓腰才能进去。行不久，就可以直立，手扶着的石壁开始带着湿润的泥土，应该是往山的腹地行进了。一路都有冷风从洞里刮来，吹得火把摇摇晃晃，让我们一直担心会突然熄灭。越往里走，风越冷，到处都湿润起来。这么闷头走半个钟头光景，突然就到一个所在，豁然开朗，却是一个巨大的石室，里头横卧着几块大圆石，石头旁边是一个清澈见底的水潭子。抬头看石室顶，居然挂着无数的钟乳石，在火把、手电的照射下，散发出旖旎的光芒。

这让我们兴奋异常，大家欢呼着，脱了鞋子，拥进凛冽的水潭中，好好玩耍起来。但在这样的嬉戏中，我们又隐隐觉得不安，总觉得洞穴中有股奇怪的味道，是从前所未遇到过的，萦绕鼻翼，不绝如缕；又觉得洞穴中有隐隐的声音，是从前所未听到过的，嘤嘤嗡嗡，若有若无。这种不踏实感让我们玩得不尽兴，大家看看时间差不多，也就不再做穷究之旅，依旧原路退出来。

虽然约定大家守口如瓶，免得大人责罚，但慢慢的洞穴中有钟乳石，有幽暗密室的消息，还是传得沸沸扬扬。暑假还没结束，就有几个大人进去一探究竟。又不久，这几个大人居然将洞穴中难爬的所在，凿出条小路，在洞口围了根竹竿，对远路来观看的外人开收几毛钱的门票。这让我们很是愤愤不平，空有首探之功，要再一次进去，都得费尽口舌，于是就不再去。那些买了票进去的，更是愤愤不平，有刁蛮的，就敲一些钟乳石带出来，也不见有人阻拦。发展到最后，凡进洞者，出洞来都人手一块钟乳石。又过了一段时日，这大片的石山终于成了采石场，据说第一声炸药爆炸的时候，无数洞口飞出密密麻麻的蝙蝠，遮天蔽地，沙沙沙投入远山。

我们的阵地也就转到了山脚。

山涧之间，就是竹篮溪的一条支流，常年溪水潺湲，水草丰茂。在即将汇入竹篮溪的交叉口上，许是知道一汇入之后便泥牛入海，溪水在那里洄流出一个大潭子，深邃、清澈，如荡漾着的井水，不再往竹篮溪走了。

一大早，趁着太阳还没有升起，我们呼朋引伴，每人带着一个小簸箕和一个小水桶，就赶往这条支流。随性地沿着水边小路往高处走，杂草越来越多，小碎圆石的小径渐渐成了黄土小路，这个时候，我们也走得差不多了，太阳也从山后边跳了出来，大家便分散了攀爬到溪涧中，各自忙碌开来。

溪边都是清一色的水藻，溪水从远处流过，荡漾的水纹在溪边冲出一脉静水，结满了绿油油的水苔。水刚刚没过脚踝，赤脚踩下去，细润的砂石从脚趾缝里钻出来，又很快被水带走，留下小螃蟹爬过一般的痒。我们将簸箕放在水藻中间，拿脚在水苔中鼓捣几下，端起簸箕，无一例外，簸箕里就会跳跃着许多晶莹透亮的小河虾。如果嘴馋，按住一只，去掉头，直接扔进嘴里，那鲜味，直接从喉咙就流淌了进去。如果不敢生吃，也可以在河边的大石头上晾晒几只。不多久，那虾就被太阳晒得通红，但吃起来并不美味，鲜度不够，又没有咸味，只能是聊胜于无。

估摸着每个人小水桶中的河虾够烧一小碗了，伙伴们也不再鼓捣了，顺流而下，就在那个入口处的水潭里好好地游泳了。溪水长年累月冲刷出的水潭，每一寸河床都是踏实的，踩上去纹丝不动。虽然有几处水深过顶，只要憋一口气，也就可以顺利游出来。这个水潭便成了我们私下里约定晨泳的最好去处了。

大人们却并不这样看，回家照例要在我们黑黝黝的后背上用指甲刮一下，如果竟然刮出或红或白的道道，那游泳的事便隐瞒不住。在絮絮叨叨的责骂中，适时地献上自己劳作收获的河虾，便是最好的赎罪方法。只是这样一来，原来约好小伙伴偷偷一起吃河虾的场子，往往就泡了汤。好在午餐时候，就着番薯丝饭，吃上一口盐水姜丝焯河虾，那美味也是不可阻挡。

并不是每次出去，都能收获河虾。记得有一回，几个伙伴正在水藻间起劲地踩着，拿起簸箕，无数跳跃的河虾中，一条黝黑的水蛇仪态万方地在簸箕里扭着，大家伙发一声喊，扔了簸箕就落荒而逃。这样空手而返，忧郁地在水潭里游泳毕，花了很长的时间在太阳底下晒足，每个人互相在后背刮了许多许多次，确认终于刮不出道子，才战战兢兢地空手回去了。但终于也记不起是否因此挨了揍，也终于记不起是什么时候才去找回簸箕的。

溪涧中河虾常见，游鱼亦不少。水流平缓的地方，会冲刷出一些半米见方的小水洼。那黑白条纹的石斑鱼亮着冷冷的光，就在此间一动不动地卧着。悄悄走近，石斑鱼觉到异样，会马上蹿到大块的石头下。这个时候，只要将手上的大石头对准那石头一砸，石斑鱼无一例外就被震晕了浮出水面，伸手就可以收到水桶中去。待石斑鱼清醒过来四处逃窜，却只能在小水桶中追追小河虾了。

同伴中真正的高手，并不屑于用石头把鱼砸晕。他们看见鱼钻进石头缝里去，便用脚踩住石头一端，伸手进去捞，不多一会儿，鱼便蹦跳着被拽出来，画一道优美的弧线"啪"一声落入水桶中去了。这种盲抓的水准要求高，但风险并不是没有。有一回，一伙伴亲见鱼钻进一个小洞，伸手捞的时候，感觉鱼越拽越进去。抠半天拽出来，却是一条不知道是蛇还是黄鳝的长条怪物，那一声尖叫，从溪中直蹿上岸，久久地在山中回荡。

村尾往西而去，则是竹篮溪的上游。之所以命名为竹篮溪，是因为河床完全盛不住水，取竹篮打水一场空的意思。但也会偶尔在一些拐角处，蓄出一汪七扭八拐的水潭。每一年，因了雨水冲刷，积水的地方也不同。这样的地方，我们记不熟地形，并不去，却会有更小的孩子，跟着洗衣的母亲去戏水。也就是小小的一方水域，有一回，有母亲在下游洗衣，孩子在上游戏水，一个不注意，孩子就突然不见了，怎么也找不到。等绝望的妇人哭天抢地把村里的大人叫来，费了很多工夫，才在小水潭的某个角落发现孩子扭曲的身体。在撕心裂肺的哭声中，旁观的我们想不通，为什么那看起来浅浅的河水，却藏着深深的恶意？这潭水该有多冷多险？想着想着，就不免想探脚去水里试个究竟，这个时候，旁边围观的父母一个大嘴巴子就把我们拍在了河滩上。

这样的悲恸，一时之间并不能被人所感受。隔上一两天，村道上出现了两排三角形小纸旗，从小孩的家一直逶迤地插到村外的小水潭边。傍晚我们回家，看到那红色、绿色的小纸旗，在炎热的晚风中扭曲跳跃，小道中的纸钱不时跃起又跌落，一眼望去，仿佛是一条连接生死的阴阳道，阴森幽暗，看得人心底发慌。

入夜时分，村庄渐渐沉寂，突然就听到遥远的地方传来一阵凄厉的哭声，然后是一声哭喊，续以"咣"的一声锣响，若游丝一般，牵扯着人心起伏。慢慢的，那哭声渐渐走近，哭喊也逐渐清晰，是被压抑住的"儿啊，回来啊！""儿啊，回来啊！"的招魂声，一声又一声，在村道上徘徊不去。

夜来的梦，便做得凄厉。常常会在远处看到，那个小水潭阴暗地咧着嘴，慢慢变成一个巨大的冷笑，甚至有呱呱的声响，让梦中人不寒而栗。白天的时候，父母也终于不让我们出去游泳。时间一天天过去，天地终于渐渐肃杀。等到白露到了，我们也就不再下水了。

一个夏天，安然过去。

白露：识得几味药

时令一过了处暑，天慢慢就凉了下来。秋季开学的时间一到，白露就到了。这个季节前后，林间树下，便多了一些可以采摘拾取的药材，也便常常有药材收购员和货郎游走各村，上门收购。正为零花钱愁得手足无措的小伙伴们，终于可以三三两两，在放学的间隙，开始为自己的小钱包努力了。

乡下门前屋后，总有高大的柿子树在竹林间疯长。柿子树身上长着各种各样的大疙瘩，颇似一个历经沧桑的斑驳长者，顶着一大片密得透不过气的浓荫，将周边的三千翠竹衬得纤弱娇小。许是大树底下好歇息，这个季节，柿子树身上便常常附着许多蝉蜕。是金蝉脱壳剩下的吧，全形似蝉，中间全空，阳光下微微透明，头部还有触角，那蝉的口吻也都在，就是背部有个十字形的裂口，想来，那蝉就是从这个裂口飞走了。这样的蝉蜕从树上轻轻摘下来，稍微过一遍阳光，基本就可以完好无损地收集起来了。待得有那么一小袋，就可以卖给走街串巷的收购员，如果品相好，可以多卖上那么几毛一块的，很是一笔可观的收入。这蝉蜕就是一味药，据说有散热明目的功效，常常有乡人头疼脑热，去镇上抓药，在抓回的中药包里头就可以挑出来。每每此刻，乡人便狠狠骂上一句："早知道，老子就自己爬到树上去抓了，还花这个冤枉钱。"骂完，依旧煎了服用。

摘蝉蜕的人多了，便很不容易找到。村子北首有一片野林子，常常抛着猫狗的尸首，偶尔也有夭亡的孩童掩埋其间，各种杂树滋长，密得透不进阳光，整日里阴森森的，没什么人敢光顾。于是有胆大的小伙伴摸进去，寻找林间草丛的蝉蜕。有人就在那里看见蝉刚刚从蛹里出来的样子，是一只肉色的虫子，从背上的裂口奋力钻出来，就像人剥开一件上衣。然后就那么倒挂着半天不动，最后才伸开一对翅膀，扑啦啦飞走了。每到这时，看的人便屏息而站，动都不敢动一下，老辈人说，如果这时候出声了，这只蝉就废了，会遭报应的。大家伙都不希望为了那么些钱，遭受那些不知道等在人生哪个节点的报应。

这个季节，林下也另有值得光顾的地方。在那些阳光不易照到的潮湿角落，生长着一大片一大片的半夏。这些倔强的生命，从夏至就开始滋长，到此时，更见茁壮。能不能将半夏的块茎从地里完整地拔出来，成了我们比试耐心、灵巧的最好方式，比放学路上相互斗草更能吸引我们的注意力。

半夏是那种比较娟秀的草本植物，一根笔直的叶柄上，挑着三两片椭圆形的光滑小叶子，有的整个会像极了碧绿色的竹蜻蜓。将叶柄捏住，小心地从土里匀速拔出来，便露出藏在土里的洁白的块茎，这就是半夏果实了。偶尔，叶片和叶片中间也有小小的珠芽，常常会被刚刚认识的伙伴误作是块茎，小心地采来一小袋子，被收购的人一通数落，成了我们的笑柄。

半夏能治什么病，我们不清楚。但收购的人说了，任何药材都不能去吃，否则会变成哑巴，这么一说，我们自然都不敢再去尝试，顺带着那些来路不明的果实也不敢随便入口，身边的小伙伴果然也没有出现哑巴。

除了换钱的，还有一味药，我们采摘下来却是直接兑换麦芽糖吃。村子附近的山上，长着许多高大的树，这个季节前后，结满了白色的黄豆般大小的籽，一簇簇地挂满枝头，爬上去用竹枝将这些籽打落下来，很方便就可以收罗起一小塑料袋。都说是入药的，但叫什么名字，有什么用，我们都不知道。只是等摇着拨浪鼓的卖货郎到了村里，拿出去，他说这叫乌桕子，拿到手里掂量一下，便用锃亮的锉刀，在货担一头，哐当哐当，麻利地敲下一块脆香脆香的麦芽糖来给我们，然后继续摇着拨浪鼓扬长而去。这麦芽糖，坚硬无比，韧劲十足，需得含在嘴里半天，用口水化开才咬得动。吃起来，甜得牙齿都疼，那滋味，想起来就仿佛黏在牙尖消散不掉。

一些随手可以采摘来的药材，修长曼妙的鱼腥草，干涩生硬的乌骨藤，触须贲张的车前子，琐碎细腻的马兰头，藕断丝连的鸡骨草，诸如此类，都常常会在家里的各个角落出现，大人们变魔术一般，在需要的时候，一把抓来，扔进汤锅，掺进豆干，或者捣捣碎，都用在了属于它们的合适的地方。

但也有这些药无能为力的时候。如此，大人们终于要开个神仙会了。

某个时候，牛角突然就在村子里响起来，"呜……呜……

呜……",一声又一声,仿佛潮水拍打着礁石,撞击着人们的耳膜。我们知道,神仙会开始了。在大人们的讲述中,我们知道,这一刻,天上的众仙在牛角的召唤下都开始忙碌起来,角木蛟、亢金龙、氐土貉等二十八路星君都走马灯似的在天空闪动。牛角的响声没有因为众路神仙的来临而稍事休息,随着牛角一声响似一声,它所召唤到的神仙地位越来越高,已经跃到太上老君的档次。风开始在院子里吹起来,那些散乱在院子角落的纸钱灰烬混合着院子里香烛的味道飘扬起来,漫天似乎都是灰色的雪在灰色的烟里簌簌地下。

跪在院子里的人都抬头看着风吹来的方向,满脸虔诚。被草席围在中间的病人突然就站了起来,满脸通红,兀自斜斜地穿过那些围着他的人,趔回香火缭绕的屋子。众神仙终于在"斋公"的指挥下,一番折腾,将那害人作病的鬼祟从病人体内驱了出来。人们的心情放松下来,院子里开始有人的说话声、笑声。刚才绕着病人边跑边拿扫把、畚箕做清扫状的家属现在也开始笑起来,看"斋公"将符扎进草船里,然后将一段削好的竹子用黄泥封好写上"急急如律令"的字样。

大家明白,那段竹子将被插到村外的河滩上,然后放火将草船烧掉,那些鬼祟随着熊熊大火一并烟消云散,神仙在云端匆匆打一照面,便各自散去,对他们而言,救人完毕,也就回去交差了。

这么短暂的见面对神仙而言也许太过潦草。一年的一个时刻,或者三年的一个时刻,村头的古庙便锣鼓喧天,火光耀日,更大的法事到来了。这样的集中法事,类似于医院里各科医生的会诊,村头村尾有病没病的,都问诊一遍,图个大家心安理得。

那几天，古庙前后彩旗飘扬，风猎猎地在旗帜上响着，阳光很好，空气中有青草的香味。古庙里摆了里三层外三层的八仙桌子，桌子被"斋公"们一层层叠上去，最上层的桌子摆上瓜果菜蔬。众路神仙在这几天也和那些熙来攘往的人一般迎来送往，而且更重要的是，他们不再是被请来捉鬼救人，无非是赶一个神仙的集会，会会老朋友，吃吃人间的美味，说说各自苦思冥想后的所得，日子便在这种热闹的气氛中显得滋润。否则当神仙估计也没甚意思。

龙角依旧铺天盖地地呜呜响着，仿佛神仙脚步上的云彩，伴随神仙脚步不离不弃。邀请的神仙也是循序渐进，然后"斋公"们开始读一大串的凡人名字，谁谁捐多少钱，在神前面表表心意。之后便是"斋公"们的各种表演，他们在桌子中间穿梭着，唱和着，铃铛、龙角、锣、鼓都一味地响着，天地之间，人神共乐。这样大规模的神仙聚会，形成的法阵威力巨大，魑魅魍魉无处容身，自然可以化解整个村子的灾病。

但也有乐极生悲的时候。有一回，也就是突然之间，古庙的院子里传来轰隆隆的一片巨响，人们被眼前的事情惊得目瞪口呆。

那么多的桌子，倒了一地。到处是滚落的瓜果菜蔬，红的苹果，白的梨，青的白菜，黄的豆芽，白的碎盘子，然后是燃烧着的蜡烛，熄灭了的蜡烛，冒烟的蜡烛，断成两截的蜡烛，连着烛台的蜡烛，院子仿佛被一阵风扫荡过，原来的规整荡然无存。

一地狼藉。

很多年来从来没出现过这种情况，"斋公"们脸色发青，站着瑟瑟发抖。很多天之后，终于有人说，那天在法事上有张桌子不是从佛教徒处借来的，神仙震怒，将之掀翻在地，没想到引发多米诺骨牌，乱成一片；也有人说不是桌子而是有一摞碗，那些碎掉的都是；也有人说，都不是这些原因，而是那天有人讲了对神仙不敬的话，所以……诸如此类，诸如此类，无非都是以凡人之心度神仙之腹，不值一哂。

神仙会依旧每一年或三年地在开着，为村民的健康贡献着自己的力量。

秋分：庭院深深

　　老家的院子，庭院深深深几许。院墙用青石堆砌，院子里的青石板被来往的人们磨得晶莹亮丽，斑驳的杂草掩映下，那圆润的色泽，浑然有一副旧时王谢的气派。院墙边原来也是有几棵果树的，时令一入仲秋，院子里各色果实成熟，黄的柚子红的柿，姹紫嫣红仿佛春花开遍。终于，也就到了我们可以大快朵颐的时候了。

　　院子的西首，是七八株柚子树。很有一些年份了，有些老树青筋贲张，树干虬曲如龙，盘踞在院角，错节盘根，形成了天然的洞穴。夏日午后一得空，我们便腾腾地爬上树，各处钻进钻出，最后随便找个枝丫坐下，在浓密的枝叶间，就可以待一个下午。看阳光在树梢间慢慢迷离消逝了，我们才想起来攀爬下树，在大人的责骂声中，重食人间烟火。

　　秋分之后，这几株老树上那些厚厚实实的柚子便成熟了，大大小小，青黄相间。虽然是相邻的树，果子的品种和味道却大有不同。最靠近院墙的两株，是红心柚，汁多肉甜，一剥开柚子皮，伴着浓郁的香气，映入眼前的就是结实饱满的红心。每一瓣都可以完整剥出来，咬一口，满口的汁水四溢，甜中含着微微的酸，让人吃起来欲罢不能。最弯曲的那株老树，结的果子又小又涩，若放在其他时节，我们连刚长个雏形的橘子都抠开皮吃，自然不会放过这个。然而时节不同，满庭果香，自然不受待见，吃几个之后，没有汁水，味同嚼蜡，便弃之若敝屣。院子里的其他几株，虽然不是红心柚，却也是酸酸的，很多汁，每日放学回来，拿竹竿捅下一个来，吃起来满口生津，很是解馋。

但歪脖子树上的柚子也不是一无是处。农历七月廿九晚上，我们将一些半生不熟的柚子摘下来，用半人高的竹竿插上，切去柚子顶部，插上一根蜡烛，蜡烛边插一圈的香，扛在肩上，四处舞动。入夜满村道都是奔跑的孩子，每人都扛一杆柚子，在浓黑的夜幕中，香火舞起来熠熠生辉，似一条火龙在青烟之中飞舞，那柚子也终于有着其他柚子所不具有的美感。

据说这一天是地藏王菩萨的生日。他是肩负着大地的神佛，每年到这个日子，担子压得太累，就要换个肩膀才行。如同村人从山上挑回一担柴火，半路上每每要换一下肩是一样的道理。但这大地不比柴火，换一下肩搞不好就地动山摇，房屋倾颓，自然非比寻常，于是插上柚球表示祈祷。仅仅插个柚球并不足以表达敬意，夜里，家家户户在院子台阶下、墙角、路边都插上香，庭院地上还点上蜡烛，一路逶迤，给地藏王指路。至于要把这担着大地的菩萨指到哪里去，则不是我们孩子所能知道的了。倒是这不起眼的柚子，因了这层关系，多了些奇幻色彩。

歪脖子柚子树最为我们所喜爱攀爬，慢慢树身光滑圆润起来，树下也不知不觉踩出一个精致的小平台。邻家堂兄弟有一回心血来潮，在树身上捆一大沙袋，将小平台围起来，变成了练武场。每日里哼哧哼哧地拳打脚踢，希望能成就一身武功。那沙袋是编织袋套了两三层，里头装满了真正的沙子，我们偶尔去砸几拳，手上就疼得发麻。堂兄弟却很能吃苦，夏练三伏冬练三九，双手击打得鲜血淋漓而不退缩，终于把好好的一双手练得全是老茧。

为了练臂力，堂兄弟又从别人家废弃的庭院中，找来两个大小差不多的石磨，用木棍相连，做成一个举重杠铃，嗨哟嗨哟地去举，渐渐地居然就能把两个石磨举起来。这让一个石磨都搬不起来的我们很是诧异，在气力一途上，堂兄弟终于鹤立鸡群、绝尘而去。

这还不够。秉持内外兼修的理念，堂兄弟又找来家里废弃的裤子，剪下两个裤脚，里头填上沙子，绑在脚上，走路睡觉都不拿下，说是看了哪里的武功秘籍，如是这般，假以时日，等沙袋拿下来，就可以身轻如燕飞檐走壁了。又带我们去后山，找到一棵刚种下的小松树苗，跃身而过。说是每日这般跳跃，高度就会随着松树长高而长高，最后松树成参天大树，自己也就能跟武侠小说中提及的"梯云纵"一般，一跃数丈，踏险峰如履平地。说得我们也心动不已，每个人都从小松树苗上一跃而过，恨不得小松树马上长高。这样的举动很为堂兄弟鄙夷，没有捆着沙袋，算什么练武呢？

遗憾的是，"梯云纵"的成效并不像气力增长那么显著，松树苗很快就半人多高了，堂兄弟却再也飞跃不过去，只好拿下脚上的小沙袋，愤愤不已。

眼见儿子在武学之途上越走越远，邻家伯伯终于动手干涉。有一日，趁着大家伙都去上学，叫了几个大人，居然就把歪脖子树锯断，把大沙袋沙子全倒在柚子林下，那编织袋洗了晒干装棉被去了。举重杠铃也被锯断，石磨移到院子角落，成了毫无用处的垫脚石。等我们放学回来，堂兄弟看到练武场一片狼藉，冲回家就一顿号啕大哭，又招来一顿胖揍。从此，这个武学奇才就消沉下去了。

院子的外围，靠近柚子树的所在，还有一棵高大的柿子树。数十年光阴，生长得腰圆膀阔，满树干都是拳头大小的结实的木疙瘩，枝叶伸展开来，遮去了院子的一大方天空。树一大，就像一个人长得老了，在村子里慢慢就有了时间所赋予的威望。逢年过节，常常有祈福的人在树下插上一炷香，香火氤氲间，也就有了几分神气。

也是秋后，这一树的柿子红得耀眼。因为柿子树过于高大，大人们不许我们爬上去摘柿子。嘴馋的我们，只能将竹竿一头开了叉，开口处用一根小树枝支开，伸上去使劲地转，机缘凑巧，偶尔竟可以折几枝下来。

柿子并不是一摘下来就可以吃，即使远远望去已有十二分的红艳，剥开来吃，舌头上还是会留一层涩意，严重的，半天张不开嘴。我们便将摘来的柿子用针在柄部扎上一圈，然后放进被褥里揾熟。每天一放学，大家飞奔进屋里，掀开被褥看看有没有熟透的。这是一个漫长的充斥着小伙伴们智慧和汗水的过程。总有眼明手快的，一把抓出熟透的，掰开就把嘴巴拱上去，我们也只有干瞪眼的份儿。这种完全推崇武力的丛林法则，滋生的最后结果就是柿子最终并没有完全熟透，就被我们吃得一干二净。

对一种东西渴望久了，就会以身犯险。有一次，一个堂兄弟终于在巨大的诱惑下，徒手爬上了高高的柿子树梢。坐在树梢上，他美美吃了几个红透的柿子，然后将半熟的柿子连枝带叶折了扔下来。我们仰着头，看着柿子们扑扇着翅膀一般的叶片，施施然从高耸的树梢之间落下来，崇敬之情油然而生。

这一次的铤而走险，我们捡了一大筐半青不熟的柿子。于是，突发奇想，大家将完全青涩的柿子挑出来，削了皮，用枝条串成一串，准备在阳光下曝晒几日，说是做柿饼吃。那堂兄弟从树上下来的时候，志得意满，见一个树杈上有一个硕大的鸟窝，里边有几只刚刚孵出来的小鸟，顺便就当作战利品掏了下来。不一日，就有两只巨大的老鹰在院子上方盘旋嗥叫，一看见堂兄弟出院门，就呼啸着直冲脑门俯冲而至，吓得他惨叫而逃。这样几日下来，堂兄弟的父亲出面，叫了个精壮小伙爬上树，将小鸟送回鸟窝，才算是告一段落。倒是那些柿饼，阳光下无人照料，最后有没有做成，就不得而知了。

庭院之中，最为我们所觊觎的是院子东边的两株枇杷树。那高耸入云的枇杷树笔直、高挑，树身上枝丫都被大人劈得干干净净，只树冠部分长一簇茂密的枝叶，到这个季节，长满了金灿灿的枇杷。这对我们而言，完全是稀罕物，却因为树太高，加之无借力的枝丫可供攀爬，我们只能在树下望洋兴叹。

两株枇杷树采摘下来的枇杷并不多，院子里的孩子每人大概可以分个两三颗。一分到手，囫囵吞枣，也没尝出个什么味道，因此也更显得金贵，让人充满念想。惦记的人一多，难免就有铤而走险的人。有个午后，邻居一个半大小伙趁着大家都不在，哧溜，爬上了树，也不知道是什么原因，就摔在院子当中。大人们被半大小伙哭天抢地的喊叫声招引过来的时候，那小伙子已经躺在地上，痛得污言秽语痛骂不已。大人们也顾不得指责，卸了块门板下来，七手八脚将小伙子抬到村口郎中家。老郎中一诊治说是摔断了腿，要躺三五个月才成。

这让小伙的父母很是愤慨，怪邻家伯伯种了这枇杷树害人，进而闹到家里要个说法。最终也不知道要了个怎样的说法才自行散去。

不几日，邻家伯伯突然就拿出锯子、斧头，花了大半天时间，将两株枇杷树锯倒，然后连根挖起。那高大的枇杷树就这么从院子里消失了，那枇杷叶子被邻家伯伯各家各户分了一些，说是水煮之后有治疗咳嗽的奇效，但那叶子最后干成纸片，我们终究也没咳嗽过，枇杷树留下来的最后馈赠，终于随风而逝。

寒露：蟹子肥　蛤子鲜

寒露，一候鸿雁来宾，二候雀入大水为蛤，三候菊有黄华。

南方秋天，哪里看得到鸿雁！天空澄静，偶尔有几只野鸟飞过，哇的一声就不见了。漫山遍野有各色小花开过，也很少见到有巴掌大以上的花开放。倒是那蛤，我们十分熟悉，自然对所谓的雀入水为蛤嗤之以鼻。但是，这个时节，大海到了收获季节，肥美的海鲜终于上场了。

村首往东是一座不高的山，沿着盘山小路，一个多小时就可以爬到山顶，在山顶的小路亭子里休息一会儿，再顺山而下半个多小时，就是浊浪滔滔的大海了。距离大海这么近，谁家没有七大姑八大姨在海边。这样，每年这个时候，海边的来客就是我们最为期待的。

总是在嬉戏玩闹的一天过去，回到家，突然就窥见屋中坐着一个老妇人，喝着水，大声说着什么。身边站着一个趾高气扬的小屁孩，就是海边来的"少年闰土"。打过招呼，偷偷蹑进厨房，果然在大搪瓷脸盆中，爬着几只硕大的蜻蟓。角落里，则扔着一篓子窸窸窣窣的梭子蟹。

蝤蠓名贵，烹煮就十分隆重。不用水，全部用黄酒当水，在锅中猛煮。待得蟹香和着浓郁的酒香四处逃逸时，开锅放入切好的姜丝，即可郑重出锅。既然名贵，落到我们孩子嘴中，也就那么一小块，尝个鲜而已。这蟹的肉质韧而鲜美，每片都可以像百合一般丝丝掰开，一入口就化作一缕鲜香，人参果一般消逝不见尔。

　　好在梭子蟹管够。随便扔锅里一蒸，拿出来黄澄澄地摆一桌都是。这种蟹的肉细嫩多汁，特别是大钳子中的肉一拽就是一大串出来，吃起来十二分的带劲。

　　一顿海鲜大餐下来，被我们晾了一天的"闰土"终于放下海边人的骄傲，跟我们满村野去了。只是在闲聊中，诸如滩涂中挖海蜈蚣，双手扎进泥涂，就可以摸到海蜈蚣，慢慢拽出来，跟着一团泥扔进盘子里，很快就可以有一脸盆；诸如礁石上抠海蛎，一掰就可以掰下来，直接放嘴里一吮，都是甜的；诸如渔船靠岸，双手就可以扒拉出许多龙头鱼。诸如此类的故事，把我们只能灰头土脸抓抓小蟋蟀，挖挖小蚯蚓的经历完全比了下去。这也是我们在课堂上学了鲁迅的少年闰土，一致同意将之命名为"闰土"的原因所在。

　　"龙头鱼，这么长，软软的，跟鼻涕一样。""闰土"比画着，突然在你前面一张手，仿佛将一大捧的鼻涕都倒在了你头上，吓得你尖叫起来，"烧起来，一条条是韧的，吃起来，嗯，那味道也像鼻涕一般。""闰土"口水四溅，继续比画着，听得我们哧溜哧溜地吸着鼻涕。

　　于是，"闰土"回去的时候，我们便央家里人让我们也去海边做客。来做客的老妇人一撮补，我们就兴冲冲地翻山越岭去海边了。

那果然是另外的一个世界。

餐桌上有各种各样的小海鲜。像两三个大瓜子粘在一起的龟足，嗑瓜子一般嗑开，细小的肉一咬，汤汁乱飞，很容易会溅到主人的脸，显得我们很山里气，大家都提醒着别吃。浑身盔甲倒刺的皮皮虾，味道鲜美，却容易刺出一嘴的血来，大家也不怎么敢尝试。倒是"闰土"，每每在此刻显示自己的能耐，将皮皮虾去掉头，肚皮朝上，拿筷子从尾部刺进去，一用巧劲，整个皮皮虾就脱去盔甲，露出了肥美的一身肉。"闰土"边讲解边示范，还殷勤地让我们也试试，手忙脚乱的我们并没有学会，最终不了了之。除了这些需要技术的活之外，跟着蒜葱爆炒的海瓜子，咬起来脆脆的石乳，盐水蒸煮的小鱿鱼仔，吃起来方便，便都成了我们所喜欢的。自然，餐桌上这个时候替代蛏子每餐都有的，就是血蛤。海边俗语："光膀子吃蛏，穿棉袄吃蛤。"告知着我们这些山里人，海鲜居然也有时令。

血蛤的鲜美是一般海鲜所不能比拟的。一大筐洗净放在桌边，"闰土"去拿一个小脸盆过来，倒上开水，招呼着大家各自夹着血蛤放开水里一烫，就可以直接剥开吃。这一烫的火候十分重要，烫少了，血蛤的肉和壳剥离不开。烫久了，血色暗淡，肉也萎缩成一小团。只有刚刚好的时间，很容易就剥开，血色鲜艳，一啜之下，鲜味入喉，妙不可言。

这个刚刚好的时间，也是"闰土"最为骄傲的地方了。他会张开那沾着鲜血的猩红小手，比画着，"刚刚灌下来的开水，一般是数到五下。"他的小指头一个个弯着数，我们便跟着数，"一、二、三、四、五……"然后手忙脚乱地从开水里夹出血蛤，剥得不亦乐乎。

沙滩上有各种各样的小爬虫。月亮在远处泠泠地照着，海浪在远处哗哗地闹着。赤脚冲到沙滩上，每一脚才下去，都可以看到海蟑螂尖叫一般疯狂逃窜，自己俨然化身上帝，决定着脚下芸芸众生的生死。但事实上，我们并不敢踩上这种跟蟑螂差不多的怪物，偶尔踩到，感觉它们快速从脚掌下钻过，不免一身鸡皮疙瘩。而据"闰土"说，他是敢生吃这玩意的。

沙滩上亦有大大小小的各种寄居蟹，挥舞着一个大钳子，背着个大壳，倒退着钻到沙子底下去了。据"闰土"说，这种蟹吃起来跟吃蜡烛一样，我们既没有吃过这寄居蟹，又没有吃过蜡烛，终究还是想不出这会是怎样的味道。

沙滩上会有潜流冲刷出来的小水坑，坑里的水清澈见底，在月光下泛着波纹。这样的坑会有小蟹和小九节虾。那虾，"闰土"一见，伸手就抓住，快速扔进口中，吧唧吧唧就不见了。

这个跟野人一样的"闰土"，在海边沙地上躺下，开始跟我们吹嘘出海的故事。大过人头的海螺，那个壳拿来，每到涨潮的时候，都是能在海螺壳里听到潮声的；会飞的剑鱼，一不小心就钉一甲板都是，要拿钳子才能撬起来；还有小小的海龙，盘根错节不知道哪里是头哪里是尾，一出水就马上干涸了。

"过几天，让我爸爸带大家出海打鱼。"每每，他都以这样的话结束光怪陆离的出海故事。

在"闰土"连日的怂恿下，大人们终于同意带我们出海打鱼。

某个大早，我们被"闰土"叫醒，睡眼惺忪地跟着大人走过沙滩，坐上一艘小舢板，划出很远，爬上了停泊在港口的一艘大铁皮船。等在船舱里坐定，那大铁皮船响起震耳欲聋的柴油机声，往大海中驶去。半个小时左右，晨光熹微，大海渐渐清晰起来，完全不是我们在岸上看到的光景，目之所及，都是幽蓝的水。兴奋不已的我们，都聚到船舱的窗户边，接受"闰土"的教育。只是发动机声音太响，虽然是扯着嗓子在喊，也并不能听见什么。

船越开越远，浪也越来越大，有那么一刻，铁皮船在浪中左右摇晃，感觉马上就要翻过去了。我们也越来越紧张，在不停的摇晃中，整个人也迷瞪起来，头昏脑涨，肚子也开始翻江倒海，一个激浪中，哇一声就吐了起来。

这下马上引起多米诺骨牌的倒塌，每个孩子都开始狂吐起来。一早没吃什么东西，最后就吐水，再最后只剩下干呕，只有"闰土"鄙夷地望着我们，不动如山。

这趟行程的剩下时刻就成了煎熬。大家伙趁着吐的间隙，坚决让船老大回程，船老大一脸坏笑地说好的好的，也不知道到底回程了没有。不久，船就在海中间停下来，在海浪中剧烈摇晃着，我们不知道发生了什么，爬出船舱一看，原来是之前放下去的拖网要开始收上来了。

这让我们残留的兴趣一下子都激发出来。我们想着马上就要看到硕大的可以听见海潮声的大海螺，马上要看到可以钉在甲板上的剑鱼，马上要看到奇异的海龙，心中充满期待。

或者还有成群跳跃的海豚吧？或者还有喷着水柱的鲸鱼吧？鲨鱼？海怪？我们问"闰土"，看着"闰土"上下张合的嘴巴，恨不得马上就掏出各种答案来。

等拖网拉上来，我们大失所望。小半拖网里头哪里有什么奇异的海鲜，只有皮皮虾罢了，只有梭子蟹罢了，只有五六尾金灿灿的大黄鱼罢了，只有几十个鼓着肚皮像气球的河豚罢了，只有……哪里有什么海螺，哪里有什么剑鱼，哪里有什么海龙，统统都是骗人的。

回到岸上，"闰土"被我们好生数落。眼见得一点威望因为出海荡然无存，"闰土"也急了，分辩说，这怎么能怪他呢？都怪大家禁不住浪，一直吐，只能早早地拉网回家了。要是再走上三两个时辰，往远海里去，什么没有？鲨鱼也有！胖鲸鱼也有！拿着鱼叉的海怪也有！你们受得了么？你们禁得住么？

原来如此。总是这样，那些怪异的生灵总在远处，盘踞在海洋深处，我们终究不是大海的主人，见不到大海的真面目。带着些许遗憾，过个几日，我们每人背柴火一般背一大捆紫菜，手提一大袋虾皮，翻山越岭，回到了自己的一亩三分地。

霜降：采采卷耳

霜降，草木黄落，蛰虫咸俯。

这像极了武侠世界里头侠客的出场，风吹落叶，四野萧萧。对我们这些心中都有个侠客梦的孩子而言，霜降无疑就是一个高冷而侠气的节气。

这样的时节是我们心目中的各种奇兵异宝出世的时节。

譬如苍耳。

在干萎的田头山边，衰草连天间，黄褐色的苍耳就间杂其间，数不胜数。"采采卷耳，不盈顷筐"，据说《诗经》里头的这卷耳，就是苍耳。但谁会用竹筐去采苍耳呢？想来该是苍耳的幼苗吧。我们，直接是采了果实来放在口袋里，以备比武所需。

这些浑身上下长满小硬刺的果实，很容易就粘上我们穿的毛衣上，击中之后无法抵赖。况且，那小硬刺并不会太扎手，玩起来十二分的合适，马上成为兵器谱排名第一位。

这样对比武念念不忘，全因为热映的《射雕英雄传》。那个时节，村里少数的几台黑白电视机，一到时间，全是"射雕引弓塞外奔驰，猛风沙野茫茫，笑傲此生无厌倦，藤树两缠绵"的歌声。村路上熙熙攘攘，俱是我们这些为武犯禁的小屁孩。

村东首的那户人家，家里就一年轻人，一大家子都在镇上开了个裁缝店，年轻人也学了几年裁缝，不想学，就先待村里荒着。他家电视机最大，也没其他人在，于是我们大抵去他家。大大小小挤满一屋子，或坐或站，一边盯着方凳子大小的电视屏幕目不转睛，一边还得不时看看主人的脸色。屋外风沙沙地过去，天线杆子被吹得一摇晃，满屏就全是水纹，一浪一浪的，常常就恢复不到正常状况。这个时候，主人只要发一声话："哪个出去转下天线？"讨好的人就很多，也不顾屋外夜色正凉，拼命冲出屋外，都聚到院子围墙旁的大树边，使劲地转动那靠树而立的大竹竿子。竹竿下一圈的人，都整齐地抬起头，看着大竹竿上边挑着的小铁杆艰难地转动到一个固定的点，然后又颤巍巍晃了回去，爆发出一片叹息的声音。

主人在屋里自然不出来，朗声对着外边喊道："再转，再转。对了，对了。怎么又转过去了？到底会不会转？"如是者三，终于在一片欢呼声中，电视机里的那些人像又恢复了正常。

在东首这户人家看得久了，我们便不好意思。几个小伙伴约了，换村中间的一户人家去看。虽然电视机小了一些，但人家是小两口子，刚刚结婚，电视机是陪嫁过来的，比较新。两口子讲话声音都细声细气的，从来也不吆喝我们。这样，村东首人家我们就慢慢去少了，有一回，村东首的年轻人突然路上拦住我们，说自己家的电视变彩色了。大家诧异不已，蜂拥而去。果然，他们家买了一张彩色的屏幕纸，用夹子小心地夹在电视机前面，郭靖们一出来，衣服就有了红色、蓝色等颜色。只是彩色是固定的，常常是在屏幕左边还是红色的，一走到右边，马上就变色了。但好歹完全脱离了黑白的样子，一下子人心思归，又蜂拥而往了。

那小两口子听说，也去买了彩色纸，不过那彩色纹路是横着的，黄蓉们出来，头发是黑色的，脸是红色的，衣服则一节节颜色渐次变化。要说么，黄蓉是丐帮头子，衣服五颜六色也就罢了。桃花岛主黄药师也这般，白驼山主人欧阳锋也这般，就让人很是接受不了了。在彩色电视机这一轮较量中，村东首年轻人算是完胜。

于是，这小两口子不知道又从哪里鼓捣来一个大铁锅子，竖在自家平房的阳台上，放出话来，说这玩意是自动的天线，不需要人去转天线杠子了。哪里电视的信号好，就自动往那边转，好比是牛，哪里草多，就往哪里走一个道理。而且，因为是自动的，所以更清晰更立体。我们得到消息，又蜂拥而去。见那屋顶的大铁锅子中间竖着几根铁条，铁条连于一端，有个课本大小的铁块还是铝块，还打上英文字母，虽然无论怎么看，都不像牛，但样子看起来还是很厉害。进屋再看电视，果然就更清晰更立体。

村东首的年轻人自然不甘就此示弱，有几回让我们去探听那自动天线是哪里买的，终于无果。这般闷闷不乐了很长一段时间，有一天村道上遇到我们，突然对着手上一个硕大的黑色物件大喊大叫，我们很是奇怪。主人家便告诉我们，这叫大哥大，打电话知道么？这个就可以打。要好几万一个。我跟镇里我大哥借的，要打电话来找我。说着，拎起那怪物威风凛凛地走了。甚为遗憾的是，我们并没有什么电话可打，打电话跟看电视也没什么关系，何况，后来就再没见过他拿过大哥大。我们还是更多地跑到村中间的人家去。

但是，人不能太过忘本。吃了东家的饭，就说西家不好，这不是侠之所为。我们有一天突然意识到这点。小伙伴商量之后定下来，一周里头，二四六去村东首人家里看，一三五日就在村中的这户人家看。这样一来，两家人也都越发热情起来，见我们过去，搬椅子拿瓜子的，当大人一般对待。我们因了看电视也是给面子的缘故，就理直气壮起来。原来看上一集，中间广告一开始，就有些焦灼不安，寻思着要不要继续看下去。现如今也不一样了，安安心心把两集看好才走人。

　　一堆人一起看电视，共同语言自然就多。每每电视终了，暗夜中摸索回家，路上议论不休的就是谁谁的武功比谁谁好。那阵式恨不得拉黄日华和翁美玲来求证一番。

　　白日里见面，大家说着说着，偶尔动起手来，无一例外，都要先把自己的招数报上一遍。譬如小伙伴伸出狰狞的小手往脸上抓过来，大抵大喝一声："看我的九阴白骨爪。"被抓的人按住脸上突然多出来的几道红抓痕，忍住哭意，飞起一脚，嗷嗷叫道："看我的神龙摆尾。"被踢中大腿的小伙伴疼得蹲地上，还不忘大叫一声："看我的蛤蟆功。"笔直扑过去就捶。一来二往，终于假戏真做，滚到泥地里，抓头发，拧胳膊，扭打在一块，毫无章法，堕于恶俗的市井无赖之斗中去了。

　　极少数情况，小伙伴会拿上那些长长短短的干枯竹竿当武器互相较量。但这种时候，破剑式、杨家回马枪什么的喊几句，总归词穷。加之竹竿易断，碎片沙尘容易扬到眼睛，几次下来，就不为我们所采纳。

于是苍耳应运而生。放学路上，大家约定在收割过的农田里双双站定，一场"华山论剑"一触即发。

规则却是混乱得很，大家拿着大大小小的苍耳，一声令下，往身边的每个人身上招呼。无帮派，无同盟，无招数，农田里一群半大小伙腾挪跳跃，惊起无数飞蝗。扔得兴起，恨不得挖一坨泥巴砸对方脑袋上。到最后算战果的时候，身上粘了最多苍耳的就被淘汰了，只能坐一旁边收身上的苍耳边看我们继续玩。

之后上场的兵器就是稻秸秆。收割之后的稻禾被农人扎成一捆捆，立在田埂上等着晒干。我们每人拖一捆过来，抽出稻秸秆当作箭，死命地朝对手射去。这就无所谓胜负了，最后不免以谁谁被射中眼睛号啕大哭作罢。或者，竟是被稻草垛的主人发现，一通臭骂下落荒而逃。所谓侠气云云，自然荡然无存。

在这样的玩闹中间，还有两种兵器属于暗器级别，谁用谁就有被人群起而攻之的风险。

一种是金樱子。这种比苍耳大个两三倍，浑身硬刺针针见血的果子，这个季节满溪滩旁都结满了。小心采下来，用小石块磨去外边的刺，砸开之后，再淘洗干净里头毛渣渣的籽，将剩下的果肉扔进嘴里吃起来，酸味中有绵绵的甜，味道实在不错。只是吃多了喉咙发痒，大家也不是太敢吃。有小伙伴便采了去，磨去叶柄处的硬刺，在苍耳大战中，直接就往别人脸上甩来。这个被扔中，脸上仿佛被针狠狠刺上。更为关键的是，这金樱子落在泥田里，我们的光脚踩上，痛的感觉几近被黄蓉的软猬甲扎上，嗷嗷大叫中，使用的人就被我们一顿痛揍。

还有一种是鬼针草。霜降之后，也是成熟时节，十几根长针，完整地长成一个小圈，一簇杂草之中，往往有完整的数个。在路上遇见，小心地摘下，届时整团扔出，所有的针就长脚一般，全部粘在了对方的毛衣上。这玩意并不扎人，但取下来非常费事。大战结束，清理痕迹的时候，那被扎上的小伙伴听着家人穿野而来的呼叫回家的声音，这边却怎么也清理不干净衣服上的针针脚脚。恼羞之下，往往就是一番争执。

　　好在电视剧有播完的时候，英雄梦也有消停的时候。霜降过去不久，冬天就来了，万物肃杀，这样的争斗也就过去了。

立冬：甘蔗熟了

　　霜降之后不久，立冬就来了。经霜的甘蔗，这个时候初上市，甘甜爽口，不免让我们一放学后，就想方设法往邻村的甘蔗地跑。

　　甘蔗照例都种在河边的干地里，顺着村子一大片都是一垄垄整齐的蔗地。一眼看过去，绿叶相交，密不透风，晨昏之际，迷离的雾气蒸腾，确如天地间支着的巨大青纱帐。钻进去，里边也都很干净，没有杂草，泥土松软，带着些许的湿气和腥气。走得远一些，整个田垄便被枝叶挡住，路人看不到里边的情景。我们各自坐下，掏出书包里带的两张香烟纸折叠成的四方形纸包，玩打纸包的游戏。打纸包大抵是在平地上玩，但在田垄间却多了许多或倚靠在甘蔗上，或斜卧在田埂边的风险，很容易被对手给打翻身，玩起来更加刺激。待某一方输个干净，大家便暂停下来，将随手抓住的长腿小蜘蛛扯下脚，互相比谁手头的脚蹬的次数多。多的人，可以赢回几个纸包继续玩。这样玩上几轮，大家又将在田垄间四处游走的黑色大头蚂蚁捉住，在泥地里撒一圈的尿，看蚂蚁怎么逃脱。天地无形间给我们的隐蔽去处，我们玩起来自然肆无忌惮。最后累了，就在田垄里躺下，看慢慢变暗的阳光从甘蔗的叶片间漏下，在小伙伴身上映出一个个大小不一的小圆点，数着数着就睡着了。

青纱帐下偶尔也会闯进来一些大人。大抵是邻村或本村的小伙和姑娘，三两个，也不见在掰甘蔗吃，一看到我们，许是知道闯进了我们的私人领地，转身也就顾自躲远了。

等到远处炊烟渐渐消散，村道上响起大人此起彼伏拿腔弄调的叫唤时，我们知道一天的时间就这么结束了。起身长长地应答一声，也不管大人是否听见，在田地里挑一根熟透的甘蔗，连根拔起，几个人一人一截，啃食起来。虽大抵有先吃甜还是先吃淡的两派分歧，但最终都不妨碍我们把剩下堪堪盈握的一小节蚕食得干干净净。咬过的甘蔗渣，隐隐有牙齿的血丝留着，随意吐在村道的两侧，慢慢地也就被荒草淹没了。

慢慢地，甘蔗就完全成熟了。青纱帐颜色越来越深，最后，一大片看过去，仿佛是天边暗红的云色，倒映到地上来，这就成熟得差不多了。

很快，村里人家就要放一场电影，宣告甘蔗已经大片成熟，不能再随意去折了。早那么三两天，主事者就请人用毛笔在彩色的闪光纸上写了海报，在村头村尾的电线杆上贴上。大体内容是告知来往的村人，某日晚上在蔗糖厂放映电影《地道战》，欢迎大家前来云云。实际上也不用欢迎，那日太阳还没下山，男女老少就匆忙吃了晚饭，个个扛一长条大板凳，到蔗糖厂一排排坐下，等待电影的上场。

电影的上映并不准时。幕布早早就拉起来，但胶片却迟迟未到。我们心里总是不踏实。我们知道，取消放映的事经常有，放映员在邻村喝醉了来不了，天要下雨会淋坏机器，天时地利人和，一个不到位，都会是临时取消放映的理由。这让我们不能不操碎心。我们在厂门口张望了好几回，看着那些耐不住的老人家打着呵欠骂骂咧咧扛起长板凳回家，到底还放不放映的焦虑剧增。终于，看到放映员大叔骑着那辆硕大的绿色自行车在村道上施施然出现。于是，人群中爆发出了一阵欢呼声，我们这些小屁孩"哄"地一下，苍蝇一般围了上去，迎接放映场上这国王的到来。

这国王照例并不在乎普通人的焦虑感受。进了门，并不正眼看我们一下，慢慢在园墙边支好车，不紧不慢地取下挂在车两侧的扁平大铁盒子，将里边的电影胶片取出，都搬到正对幕布前的大方桌上。然后，支起放映机，在方桌旁边坐下。然后，终于看了一眼全场，又看了一眼还亮堂的天色，摇摇头表示了不满。这时候，早早就眯着脸站在身边的主事者马上递上烟，殷勤地点上火，得到允许后，也就一起坐下来边抽边聊，终于一起不时爆发出大笑。急得我们这些小孩子，催又不敢催，问又不敢问，团团打转。放映员大叔跟主事人聊够，这才把胶片接到放映机上，转上几转，哒哒哒的，表示机子和胶片都没问题，打开灯光，示意一下主事人，一切就准备就绪了。

电影终于是要上场了。我们屏息坐在银幕最前方自己找来的石头上，撅着屁股，听电影上场前最后的一番训话。于是，主事者拿过话筒，咳嗽几声，喂喂喂试了几声，开始了冗长、生涩的开场白。每年的大体意思，都是甘蔗成熟了，今天在这里放一场电影。表示已经宣布了，这个时候如果大家再偷甘蔗，就是知法犯法，就要进行惩罚，惩罚的办法也是请放一场电影。如是云了又云，唾沫星子在放映机前的亮堂灯光前，如蚊蝇乱舞，越发刺眼。最后，在一片稀稀拉拉的鼓掌声中，天色完全暗了下来，我们的电影终于开场了。

并不是马上就开始放映《地道战》《地雷战》，正片前，照例还有个加映。有介绍祖国大好河山的，有介绍国家领导人出国访问的，也有中国女排比赛的，五六分钟光景，把全场的人先安顿住，才好放真正的电影。

但委实，电影并没有多少人看。甘蔗厂高耸的烟囱下，摆着一大圈的小吃摊子。煮得烂透的黄豆汤，在锅里冒着诱人的热气；汩汩翻滚的牛油渣汤，混着辣椒、芫荽的香味一直在园子里闹腾；成串摆放的五香干，还有牛蹄、牛筋、猪舌、猪肚等等各种卤味，五色杂陈，明晃晃地耀人的眼。那一圈摊子，都支着昏黄的灯泡，蒸汽缭绕，俨然一处人间仙境，馋得我们一直往那边瞟。

电影换胶片的空当，我们便站起来在场地里晃上一圈，终于被住在这个村的七大姑八大姨发现，一把拉过，嘴里嘟囔着："找你们半天了，总算找到了。"口袋里掏出皱巴巴的三两元钱，塞在我们早就张开的小手上，自顾自又坐回位置去了。

然后，我们的天堂就到来了。

五毛钱一小碗的黄豆汤里混着煮得烂熟的猪蹄，絮叨的摊主念叨着："五毛钱打不来一碗的。"看我们一眼，又挑了小块猪蹄放进去。一块钱的牛油渣，大概就十几二十粒，多放芫荽、胡椒粉，冲一些酱油、醋进去，一勺子放进嘴里，那种香、辣、酸，吃得人舌头都快吞进去。剩下的钱，自然不舍得一下子吃光，看一眼各色贵得很的卤味，淡定地坐回去继续看电影了。甚至无聊地跑到银幕后边的空地看，除了字幕完全反了，也并没有多少不同。

每次放的并不都是《地道战》《地雷战》这种老掉牙的电影。主事人家说不来电影名字，到镇上接洽放映员，只能列举这种电影。那放映员有时候便带着时新的电影胶片过来。有一次，带来的就是《双旗镇刀客》。大漠狂沙，双刀快如闪电，杀人于无形之中，看得偌大一个蔗糖厂场子鸦雀无声。连在小摊上喝酒说笑的大人都安静下来，目不转睛盯着风中摇摇摆摆的银幕，生怕漏过一个细节。等到那狂风卷起沙尘暴从银幕上飞扬起来，大长凳上的很多老人慌不迭地用袖子挡住脸，一片惊叹。我们更是被那飞来飞去的刀客、土匪吓住，只是在事后不免想问，那吊在刀客啊、土匪啊身后的铁丝，不知道是为了拍电影需要，还是故事之中本来就应该有。

电影散场，大人们一下子都围到小摊子里去，跟原来已经坐着的食客打着招呼，各自占了小方桌，吆五喝六地吃起卤味喝起酒来。我们困得厉害，跟在村里那些急巴巴散场的漂亮姑娘年轻小伙后面，往村里走。但这些年轻人很不乐意我们跟着，半路上，黑灯瞎火，七拐八拐就不知道跑去哪了，兴许又钻到甘蔗林中偷折甘蔗吧。我们猜测着，诅咒着，深一脚浅一脚地穿过竹林，顾自回家。

这样的夜晚，一年大体有那么三两回。虽然放了电影宣告自由进出甘蔗林的日子结束了，但总有一两个小伙子小姑娘钻出甘蔗地的时候，被逮住罚了电影。这些不遵守规则的贪吃的人，也造福了我们这些闲人，每回都期望着多抓几个，多罚几场电影。但过不了多长时间，甘蔗都成熟了，大人们昼夜劳作，割下甘蔗，一捆捆扎起来。田野之中空空荡荡，终于藏不下一个人。这些甘蔗，有的被镇里的人收购去，过年的时候当作年货又被四乡八邻的人采购去；有的则就近被蔗糖厂大面积收进去，大烟囱没日没夜冒着白烟，终于成了一桶桶的蔗糖，不知道最后终于消逝在谁的家里。罚电影终于也就完全没有了。

小雪：塘有嘉鱼

　　小雪到，"天气上升，地气下降，闭塞而成冬"，寒风一阵紧似一阵。村头村尾，开始见惯袖手晒太阳的老人。他们三五成群，窝在长满青苔，或者爬满薜荔的青石墙根，闲坐说玄宗，大大小小的陈年旧事，开始有一搭没一搭地在村道上蔓延。

　　老人恋旧，怕审视自己即将到来的光阴。一说起来，都是别人家的家长里短、婚配嫁娶，指名道姓，肆无忌惮。

　　譬如东家的老二，结婚后一直生女娃娃，媳妇肚子一直大，也没等到个男娃。这么几年，也不知道哪个夭寿的，去镇上举报，说人家超生，连夜就来了很多人，要将东家媳妇抓去结扎。幸好提前有人通风报信，一家人早就躲出去，抓计划生育的人遍寻不着，盛怒之下，将东家添置的几件家具捣得稀烂。又拿了张大白封条，封了东家的门，勒令自行去镇上投案。一大家子的人回来后，发现已经没办法在村里待下去，撬了门进去，收拾了几件衣裳，就投到外省工地打工去了。"让人断香火的事做了会夭寿的。"老人们评判道。

　　又譬如西家的老大，从小就木讷，家里又穷得叮当响，三十岁上都娶不到媳妇。最后着急上火的老妈妈亲自出面，回了一趟娘家，将女儿许给自家堂兄弟的儿子，换了个女儿嫁进来。这样才很快就生了个胖小子，接上了血脉，现在一家人都在外地打工。"这叫亲上加亲。"老人们说得唾沫横飞兴致盎然，以此来总结。

还譬如南家的老二，家里人深谋远虑，早早地就认养了一个女娃子，跟着南家老二一起长大，最后就嫁给了老二。这童养媳就是半个女儿，从小看到大，当年兴许有几分脾气，十来年打磨下来，脾气秉性都跟婆婆相近，很孝顺家里老人家。可惜现在都不时兴了，自由恋爱，自由恋爱，能爱个什么鬼出来。老人们感慨万千。

再譬如北家的……

每个老人都是一本村庄的活字典，翻起来，枯燥乏味的故事就没完没了。纯粹的故事也就罢了，非得加上许多在我们听来老背时的价值判断，我们实在不耐烦听。久而久之，村道相见，远远就避开了。

这个时候，外出打工的年轻人也陆续回来了。都是故事里头的主人翁，村口见了这些老人，不免打几声招呼，问起来又说是一番蹉跎岁月，被老人们调侃几句，然后冲其中一个咧着嘴笑的老人喊道，还不把孩子领回去，等着轿子来抬么？一片嘻哈声中，各自回家。

年轻人回来得多了，村子就活了过来。过几日，集体抓塘鱼的时候也就到了。

村子里有两口池塘，村头一口村尾一口，都约莫两三分地大小，都连着山泉，水源长年累月不绝。村头的那个稍大一些的池塘，大抵归前村的那几十户人家使用。村尾的，则是我们内村十几户人家的自留地。平塘一带，指望不上山上小水库的水源，全仰仗这两口池塘灌溉。六七月早稻快抽穗的时候，干旱一起，这两口池塘就是救旱的救命池了。塘水顺着一条蜿蜒的水渠从各家田头经过，每家田头都有个豁口可以放水进去。为了不因争水产生纠纷，各家各户大抵是约好时间，待时间一到，轮到灌溉的田地主人就过去，把别人家的豁口堵上，将水渠的水引到自家田里。白天还好，轮到夜半的人家，常常不免漏夜起来，趁着月色到田头放水。夜深人静，月光白茫茫的将万物照得朦胧狰狞。一片小树林在风中恰似发狂的魔王，一簇杂草也似蹲在田头的小鬼。虽然是大人，也毕竟没有那么大的胆子敢在夜晚独行，我们这些小屁孩也就常常在睡得最沉的时候，屁股吃上一脚，一骨碌爬起床，和大人一起到田头放水去了。

夜晚水势大了许多，田里的禾苗咕噜噜地喝着，很快就喝不进去吐了出来，水泡在田里各处一个个出现，整个田里的水不多久就蓄到脚踝深了。约好的时间还没到，大人担心自家田里水太满了，而下一家又忘了去，我们不免又要屁股吃上一脚，再爬起来一次，跟着去田里把豁口堵好，引到下一户人家的田里。一切安顿好，睡眼惺忪地回家，在经过那一户人家的时候，大喊一声某某，水放你家田里了。这样才能继续安稳地睡觉。

过了灌溉季节，这两个池塘便都开始蓄水养鱼。说是养，并没有看到大人投放鱼苗进去，却是青鱼、草鱼、田鱼什么都有。一年一年，鱼就那么一季一季地成长着，割韭菜一般，一茬又一茬，生生不息，仿佛池塘是大自然馈赠给村人的聚宝盆，取之不竭。村人偶尔从池塘边路过，顺手就扔点带田头没吃光的番薯块、玉米饼下去，算是聊尽一点饲养的义务。

抓塘鱼的日子并不固定，但在冬至前一定要结束。冬至不下水，这古训年轻人还是很信奉的。天气晴好，气温渐有回升，大抵是五六个年轻人先说起来，于是就各家各户知晓下，有空的拿着脸盆水瓢什么的一起过去。时候一到，各家各户就开始呼朋引伴，到水塘边，将四处团团站住。大人的说笑声，孩子的追逐打闹声，一下子把这个在翠竹茂林遮掩着的幽静所在惊醒了。

入水之前，年轻人先喝碗滚烫的姜汤，或是嚼几口辣椒，然后脱了衣服，在萧瑟的寒风里头张牙舞爪，哇哇大叫。有爱玩闹的，不停拍打着自己的胸膛，做出大猩猩状，逗得围观的女人小孩一阵阵哄笑。胆大的婆娘就会冲一些帅小伙子喊："你这一年都没晒太阳啊，身上跟猪一样养得白白净净的啊。"旁边就爆发出一片起哄声。这般闹够了，年轻人就扑腾一声一个猛子扎进水塘里去，顺势在水塘里游上一两圈。也有胆子小的，嘶喊了半天，比画了半天，却终归不敢扎进水塘，只好顺着水塘边的卵石壁小心爬下去，拨开摇曳的水草，一次两次的拿脚触碰冰冷的塘水，最后，观众实在看不下去，齐声将之轰进了水塘。陆陆续续入水既定，大家安定下来，各自在塘边的浅水里站住，拿着岸上抛下的脸盆水瓢开始往豁口舀水，水花四溅，整个池塘的水很快一片浑浊，偶尔有一巴掌大小的鱼跃出水面，许是在诧异这群年轻人在寒风中怎会如此发疯吧。

上游的山水依旧汩汩流进池塘，池塘里的水不断地被往外泼，数学书上那个困扰了我们很久的同时进水排水的难题，在这么个下午，以排水的全面胜利而做出完美的解答。几十个水桶、脸盆一起发力，声势吓人，不过一个时辰左右，整个池塘就露出了布满黑色淤泥的塘底。浑身乌青尖嘴猴腮的青鱼，明黄剔透体型修长的草鱼，还有通体红色味道极佳的田鱼，全都在塘底蹦跳着。它们大的有半米长，小的也有两三手指宽，拿着脸盆水瓢舀过去，例无虚发。塘里的大人将抓到的鱼抛上岸，早有我们小孩捡过来，一般大小的都用竹枝或藤条从鱼鳃上串起。特别大的，就养在水桶里。不长的工夫，岸上就摆满了一串串还在垂死挣扎的鱼，张着腮，偶尔吃力地甩一下尾巴，最后慢慢地变干，终于不动了。

抓完塘底的大鱼，大人们还有一道工序要做，那就是挖淤泥里的泥鳅。沿着塘底尚未被脚踩乱的淤泥仔细看，会看到一指宽细的纹路通向许多筷子大小的小洞，伸手捞进去，大抵就可以拽出一条大拇指粗细的蹦跳的泥鳅来。这些长着红鳍的黑色精灵，乡人们特别看重，认为炖黄酒烧起来，有滋阴壮阳的大补功能，远比那些塘鱼更吸引大人的眼球。

塘底的淤泥在大人们的拉网式搜索中几乎被翻了个遍，过手的鱼，大小不一，要不要放掉，全在大人一念间，俨然上帝。总是如此，在庞大的时间里头，每个人活得像条不知命运所向的塘鱼。面对塘鱼，又成了无所不能的上帝。

暮色四沉时候，各家各户开始把一串串的鱼分一圈，然后再分得一大脸盆的大鱼和泥鳅，兴高采烈各自回家。很快，村道里到处都飘着或大火炸鱼，或黄酒炖鱼，或葱姜烧鱼的浓郁香味，年轻人提上几瓶酒大呼小叫走街串巷，终于正式回归到熟悉的乡村生活中去。被捣毁的家具已经修补好，姑表亲、童养媳也已经完美融洽，那举报的人和被举报的人，一醉泯恩仇。在熟悉的生活里头，每个人都变得大度从容。

那池塘，一个晚上工夫又蓄满了水，不盈不溢。水草依旧在塘边摇曳，风吹来，树叶、竹叶远远落进水里，安静得似乎可以听到叶子在水面上划过的声响。冬阳下，泛着微微的波光，若不仔细看，你不会知道，这里曾经发生过那么热闹的事情。

大雪：与虫共舞

家中旧阁楼有些老书，微黄封面，边角卷舒，触碰重了，常有簌簌的纸片飘落。其中一本《世说新语》，更显古旧，入了初中，大人就总是撺掇着我们背诵，说是多少年前破四旧，从邻村学堂一位老先生家里抄出的。当年抄出来，老先生哭天抢地的，追了好几里地，该是个好东西。本来打算私回来垫桌脚用，时过境迁，家里居然也有识文断字的，背一背总有好处。于是拿来随手翻看，繁体竖排，虽有注释，依旧大多看不懂，无甚兴趣。只是突然翻到一卷，有虱子之类云云，甚是好奇。于是第二天带过去问老师，在老师一字一句的翻译下，抄录了个简体字版的带回来：

"北海王猛，少好学，倜傥有大志，不屑细务，人皆轻之。猛悠然自得，隐居华阴。闻恒温入关，披褐诣之，扪虱而谈当世之务，旁若无人。"

其中还是有很多句子不知所云，但这种扪虱而谈的举动，我们每个孩子都有过，无师自通，马上对这四个字心领神会。同伴们互相通报，都知道破书中有这么一节，甚是开心，于暖阳下找一片稻草垛子众人团团坐下，讨论古人举动，摇头晃脑，兴致盎然。

阳光下一番大话，我们得出结论，要扪虱而谈，在彼时的我们看来，关键就是要有虱子。没有虱子，再怎么旁若无人，无物可扪，就好比电视里头的诸葛亮没有了羽扇，计将安出？又或者犁田的牛少了犁铧，如之奈何？而这么关键的虱子，我们简直每个人都有。入秋之后，便如影随形，不能化解。大雪前后，农活陆续结束，晒太阳的时间愈发多起来，虱子更是无处不在。有了古书名士的加持，扪虱而谈居然成了雅事，没想到，真是太没想到了。对待虱子，我们的态度就大方了许多。

　　虱子，一般都长在头上。既然可以扪虱而谈，我们也是可以对坐而扪的。小伙伴两两捉对，开始互相帮忙，在茂密的头发丛林中寻找那些黑色的小精灵。太阳逐渐发挥威力，头皮上开始有异物爬过，近似于汗水流过的感觉。翻开发根，在细白的头皮上，就可以发现它们逃窜的影子，伸手摁住，捏将起来，小心递到对方手上，再听得对方双手大拇指一扪，啪的一声脆响，虱子便成了指甲盖上的一摊嫣红的血。那种成就感，真是不足为外人道哉。

　　但扪虱而谈的雅致，对我们也就仅限于此。事实上，虱子在头上滋长，很快就会在头发上产下许多许多的卵，向那些根本就不知道《世说新语》为何物的俗人，昭告着你的不堪。在镇上小小中学的教室一隅坐着，间有白白净净的镇上人家的女孩子投来异样的眼神，不免如坐针毡。那白色的细粒，并不因为你的不堪而消停，随意滋长，越来越多，越来越多，最后层层叠叠密密麻麻遍结于发梢发根，连小伙伴对坐也看得起一身鸡皮疙瘩，哪里敢再妄谈什么雅事？

这个时候的虫卵，再靠手来去除，基本没有多大效果。需找一周末大好晴日，煮一锅沸腾的水，在院子里摆上桌椅瓢盆，声势浩大地开始洗一次头发才成。那时候家家都备有一把梳子，专门是薅虱子和这些卵用的，黑色圆把，梳齿一根根细密地靠拢着，水都渗不透的样子。洗头的时候，滚烫的热水一瓢一瓢浇下，等头发都被烫顺帖了，拿梳子顺发根而下使劲去薅，许多的虱子和卵便被薅出，纷纷扬落入滚热的脸盆中。虱子在热水中一过，逐渐丧失活力，很容易就可以用手捞上，狠狠地扪死。

但，洗头并不常有，洗了不久，那虱子卵春风吹又生，很快鬓又星星也，总归不是断根之法。有的人家便买了药水，给孩子喷洒个满头，亦有买来药笔，跟老师在黑板上写字一样，在头发上不停地涂写，但印象中似乎并没有多大的效果。

这样，一个冬天下来，再也没有什么扪虱而谈的风度，剩下的是无穷无尽的困扰。果然，虱子长在别人头上才有风雅，长在自己头上，则只剩瘙痒了。这样挠啊挠的，要一直待得来年春末才有个盼头。那时候天气转暖，男孩子终于可以到镇上，彻彻底底地斩断三千烦恼丝，理个大光头回来，算是彻底摆脱了虱子在头发窝中繁衍生息的苦恼。而同村女孩子们是怎么解脱的，我们则是不知道了。

和可以决绝斩断的三千烦恼丝不同，跳蚤，如同村头故事里的幽灵，一直徘徊在我们的整个童年岁月里，只不过是一到冬日，更变本加厉纠缠不休而已。

大棉被窝肯定是跳蚤滋生的一个重灾区。和衣躺下，稻草铺就的床垫，那氤氲的阳光香气还未蔓延到鼻翼，就可以感觉到有那么一两只跳蚤快速地从身下钻过。窸窸窣窣地转身，又会感觉手臂上、大腿上，"唰"的一下奇痒难忍。待你伸手拍去时，又什么都没有了。几番折腾下来，不免翻身起来，拉亮灯，遍寻被窝，照例看不到任何踪影。这样折磨到最后，让人不禁感觉，这些跳蚤全部是身下的稻草垫子带来的。有脾气暴躁的小伙伴，便会将稻草束子一股脑收拢起来，四仰八叉躺在硬板床上，虽然凉意四溢，但也总算有那么一个安稳觉了。

有时候实在咬得受不了，跟大人们提出来。大人们便去镇上买了跳蚤药来，喷洒在棉被上，稻草垫上，然后放太阳底下暴晒一日。入夜躺上去，果然没有一点跳蚤的动静，但渐渐的，那股近似于农药的跳蚤药味道就弥漫于屋内，让人窒息。两相比较，还不如让跳蚤咬几口来得痛快。最终，老人们面授机宜，说对跳蚤有个诀窍，只要耐得住上半夜的侵扰，到后半夜，它们吃饱了，也就完全消停，不会再搅你的美梦了。说了等于没说。

和棉被一样，大棉袄也是跳蚤的天堂。太阳底下，小伙伴们左右无事，便脱下大棉袄，翻看棉线那粗大的针脚，就可以发现那里头针眼大小的跳蚤挤了好几头。想来是阳光晒得慵懒了，跳蚤并没有夜晚那般敏捷，伸出拇指食指，就可以捏住那么一头跳蚤了。比较起来，跳蚤都比虱子要小那么几分，抓住后却容易逃脱，噼啪一声，跳出指尖，遁于无形。有小伙伴抓住跳蚤，懒得扪死，就那么顺势捏住往牙缝里一塞，"咯嘣"一声，跳蚤就给他锋利的牙齿嗑得粉碎，然后气沉丹田，"呸"的一声，血溅五步，果然豪气干云天。

这种洒脱的气势，也让彼时的我们曾有过第一次学术探讨：所谓扪虱而谈，该是扪的跳蚤吧。毕竟，这比对坐互相在头上捉虱子要来得方便，也来得自在得多。而且，边纵谈天下事，边"咯嘣"嗑掉一只跳蚤，再"呸"的吐一口跳蚤血，更显得气势磅礴旁若无人一些吧。

只是这样的探讨结果，以之兴冲冲地求教于老师，除了被骂一句神经病外，并没有得到首肯。后来，甚至有女生还在背后指指点点，说我们是吃跳蚤的怪兽。

这些虫子虽烦人，但因了常见，倒也不吓人。大被窝中偶尔会有各色知名或不知名的虫子出现。如同佩戴了圆形盔甲，长着一身杂毛的臭虫，在床板上爬过，留下一股难以消散又不能言说的臭味，一不留神，你的身板压着了它，就会一口咬得你吓一大跳。长着一对触角，缩成一团的黑色西瓜虫，不小心碰到，会突然崩开，从你脚下手脚伶俐地钻过，虽然不咬人，但那种恶心状，还是让人打个寒战。

更惨的是，有一回，大家挤一窝睡觉，夜深人静，突然就听到一声惨烈的号叫，直接越过梦境将我们拉回屋中。拉灯视之，一堂兄弟已经翻身坐起，号啕大哭，边哭边大喊："脚脚脚。"我们仔细查看，居然发现他的大脚趾上吊着一条通体乌黑的绿头大蜈蚣，浑身上下蠕动张牙舞爪，一直不松口。大家伙吓得够呛，鱼跃而起，将之扫到地上，拿拖鞋、球鞋死命招呼上，把个大蜈蚣每一肢节都打得稀巴烂，连脑浆也被我们砸进了泥地里，渣滓都没剩下。料是如此，看着地上黑乎乎的一团印子，还是心有余悸。

毁尸灭迹的报仇雪恨后，堂兄弟依旧在号啕大哭。大人闻声找来，一问究竟，居然笑个没完没了，最后才打着笑颤从阁楼的木箱里找出瓶绿药膏，刮出一点在伤口抹了抹，堂兄弟才慢慢停止号哭，想来疼痛该是渐渐消去了。

这让我们的睡眠显得更加凶险，每日里躺下，仿佛开始一场奇异的冒险。我们蜷缩着，慢慢感觉到有小蠕虫，有小蜘蛛，有见都没见过的虫子，在暗夜里探头探脑，在等着你入睡，再偷偷来到你被窝边缘取暖。这样的时刻，我们只好睁一只眼，闭一只眼，不去招惹它，默默地告诉自己，它们和我们一样，只是静静等待着春天的到来。这么祈祷一番，果然，就此相安无事。

冬至：舌尖上的节日

冬至不知不觉就到了，村庄开始步入一场舒缓的梦境中。晨间的草霜，入暮的冬阳，在竹影婆娑的乡村四周，都幻美如一张久远的风景明信片。让人一眼看去，依稀记得是旧梦里的一次惊鸿一瞥，仔细回味起来，又都迷离成渐行渐远的背影。这样的时候，人们也终于慢慢闲了下来，可以为了到来的节日琢磨琢磨一些美味了。

说起来，没有日历年轮的乡村时光，漫长得一如井台上打水的井绳，那一节节的结，就是乡村时光里头的节日。因了这些节日，才让人知晓时日的流逝，感受到时光一寸寸湮灭留下来的质感。美食，在各个节日里头活跃着，更让节日立体丰满起来。让人在回忆过去的一年，依稀就嗅到自舌尖洋溢开来的香气，让那冰冷的岁月丝结充盈着甜美而温馨的味道。特别是对我们而言，吃惯了粗粮蔬菜，几碗油水汪汪的菜肴，就已经仿佛是夏日午后干涸的泥地上浇的那场通透大雨一般。节日里的美食，更是连日的滂沱大雨，可以解得许多人的馋。何况有时候还得自己亲力亲为，自食其力，那吃起来更是别有风味。

这样的节日很多，大大小小都算起来，委实不比一条井绳上打的那些结少。从除夕的年夜饭开始，正月的元宵节，三月的清明节，五月的端午节，七月的中元节，八月的中秋节，基本上是每过一两个月，这些节日就仿佛远嫁的女儿回来探亲一般，踩着鼓点就到了。但一过了中秋节，却要经历几个月的漫长等待，冬至才姗姗到来。虽然在冬至之前的每一个节日，都会吃到一些美食，但许是冬至之前的空窗期太长，又或许是冬至时候的宴席太过丰盛，我们这些孩子围坐比较，论到节日的美食，都会首推冬至。

大概在谷雨前后，家里会做上一顿白米饭，是自家耗费心力收割的新米。一揭开锅，一阵热气过后，就是一颗颗饱满的饭粒整齐地排列着，盛上一碗，犹能见着饭粒在渐次绽放，那香气有着阳光和雨露的清香。有的年份，收成卖掉得多，这个时候便会用新米混上番薯丝一起煮。为了配得上新米的高贵，番薯丝也挑的是大番薯心的部分，一根根虽经过阳光、寒霜没日没夜的磨砺，却依旧干净清白。这样的番薯丝在新米旁细细下一圈，出锅的白米饭平添了番薯丝的甘甜，番薯丝又增加了米饭的清香。这甚至对吃惯了番薯丝，想起番薯丝就胃酸的我们，依然充满诱惑力。

谷雨尝新米也不仅仅就吃个白米饭，节日的仪式同样少不了。为了祈祷粮食丰收，新米煮好后，要盛一大碗，端到院子中间早早摆下的小桌上。然后放一盆茄子、一盆豇豆，再放几盘鸡鸭鱼肉，点上香烛，祭祀祖先神明，名之为"敬天地"。问了老人，这回的"敬天地"，一定要有茄子和豇豆，其他丰廉随意。这是因为茄子开花必会结果，豇豆豆荚最长而且成对而生，寓丰收绵长之意。除此之外，往往这时候，家里还会增加几道菜：放锅里蒸熟的龙头虾，闷得烂透透的红烧肉，还有菜园里新摘的韭菜炒上鸡蛋。下起饭来，简直停不了嘴。

端午节前，照例要吃上许久的粽子。除了吃粽子，端午节还有一顿大餐可以想念。和其他过节都放晚上吃排场不同，端午节许是要喝了雄黄酒吓吓白娘子什么的，盛宴是安排在大中午的。"敬天地"也就安排在午间，祭拜完祖先，烧完金银纸钱，我们将自己从河滩边割来的艾草、菖蒲什么的，扎个两把，在大门两边插上，之后就可以大快朵颐了。鱼啊、肉啊摆满一桌外，还有一道蒸陆鳗，切了段，蒸熟，浇上各味汤汁，吃到嘴里，酥软鲜嫩，油而不腻，往往一上桌就被人分光。

吃完酒宴，大人们便拉过我们一排站定，拿兑上雄黄的呛鼻烈酒，要求我们喝下，在我们的强烈反对下，最后妥协为在我们每个人额头抹几下，更小的娃，连脚心也得抹几下。说是如此这般后蛇虫远避，驱邪避凶。这对我们这些看到蛇就浑身起鸡皮疙瘩的小孩子而言，心理上的安慰犹如护身符。抹完雄黄，每个人无一例外，还会拿到一个蛋，味道浓郁，吃起来不像是平时的蛋，不知道是不是被大人偷偷加了雄黄？

农历七月半的中元节，在乡下也很隆重。这一天的"敬天地"中，家家户户会献上自己做的"九层糕"，是这个时节所特有的。这九层糕，要用洗干净的大米放在木桶中浸泡一整夜，第二天，就在院子角落的小石磨上，我们推磨，大人们舀米，把这些湿润润的大米磨成浆，"杭育杭育"地磨了大半桶，我们的任务就完成了。大人们提了木桶到厨房，往里加一些盐啊、桂花啊、白砂糖啊之类的东西，等到锅中水沸，摆上蒸笼，垫上纱布，就可以往上浇米浆了。这么一层熟了，继续加一层，说是九层糕，实际上得有二三十层，等冷却了，不软不硬，金黄香甜。这样的九层糕切成长块状，收拾在竹篮里，挂在梁下，想吃了，就用纱线切割一块下来，吃一口齿颊留香，弹性十足。

中秋节的团圆饭，乡下人家家户户都要准备一碗炒芋头，表示团圆的意思。芋头的准备，各家大抵都交给孩子们去做。于是我们便扛着一把小锄头，找到自家的田里，对着田田芋叶一锄头下去，就可以翻出一大簇的芋头。这么挖上三两簇，一大碗的芋头便有了着落。将芋头端到村口的井台，打上一大桶冰凉的井水，细细洗去泥土，再用铁皮汤匙刮去芋头外面毛茸茸的表皮，再过一遍井水，一颗颗饱满、晶莹的芋头就呈现在眼前。这样的芋头在热锅里煮熟，然后拌上油炒上一遍，放上紫菜、虾皮、姜片、葱丝，一出锅那色香味就引诱得人口水直流。只是刮完芋头，不赶紧找灶火烤一下，双手会痒上半天，让人坐立不安。

和端午、中元、中秋不同，冬至没有固定的日子。大概是农历的十一月底光景，在无数的期盼和失望之后，不经意间，冬至就来了。一大早，孩子们便聚拢起来，每个人都端着小一脸盆的糯米到村头老光棍家的磨坊磨米粉。要干磨，且要求要细腻，院子里的自家石磨便不能用。老光棍家的石磨也不大，上下各一片井口大小的青石，青石上刻有整齐的线路的一面互相咬合着，这是家中粗糙的石磨所没有的。把糯米倒进上边一块青石的洞眼里，我们推动石磨，慢慢地那许多糯米便消失了，最后搬开上边的青石，就可以扫上一盘的米粉了。这么一个过程，我们也忙得不可开交，倒糯米，推几下磨，扫一扫米粉，老光棍就偶尔发号施令几句，最后居然还得给上两毛钱，才能将米粉端回家，这让我们很是不平，却又无可奈何。

要吃汤圆自己磨，没有办法，这些米粉是冬至主食汤圆的主料，不可或缺。全村就那一副石磨可用，奇货可居，如之奈何。

汤圆有各种的做法，简单的人家就将粉和好，揉成小拇指大小的汤圆，放沸水里一过，上碗加糖，吃起来不容易腻。复杂一点的，便做成大拇指大小的汤圆，里头包上豆沙馅，在热水里烧上一阵，盛碗之后，咬开热腾腾外皮，甜浆一下子就涌出来，那甜味热烈奔放，很是过瘾。这中间，也有讲究的人家将汤圆煮熟之后，再在炒熟的米粉上滚上一滚，那米粉加了芝麻、红糖、花生，吃起来，风味更是独特了。

冬至大过年。这一天，在"敬天地"之前，大人们还得挑着两大箩筐的菜肴，到村口的宫庙里还愿。不知道在一年的什么时候，这些大人们遇到各种各样的困难，自己解决不了，便去宫庙里对着菩萨祈祷，让菩萨们在合适的时机助力解决。为了报答，在心里头就暗暗许诺，等愿望实现，便来菩萨跟前还愿。虽然我们会追问大人，那如果愿望没实现，是不是就不用还愿了。但除了遭大人一顿骂，并没有结果。

这还愿时候，端上供桌的菜肴就特别丰盛。一整个去毛的大猪头，一整只在沸水中烫去毛的公鸡，一整条油炸过的大鲤鱼，此外，龙眼、荔枝、苹果，应时的各色果蔬，当然更要有一大碗的汤圆，这样摆了满满当当一大桌。宫庙里的主事这个时候就来帮忙点上香烛，烧上一大堆金银纸，念上大半天的祷词。仪式很快就结束了，这还愿，并不见得要给菩萨什么东西。因为那两大箩筐的菜肴，依旧被大人们原封不动挑回来。除了那狰狞的整只猪头要留着他用外，其他的就陆陆续续进了厨房，最后端到了酒席上。既然愿心已了，大人们志得意满，呼朋引伴，觥筹交错，开始心满意足地过一个舌尖上的节日。

小寒：晚来天欲雪

南方常常不下雪，这几乎是我们每个孩子的心头之痛。眼看着时日过了冬至，又到了小寒，大寒转眼又将至，天气是越发的冷了，但臆想中铺天盖地的雪，依旧影子都没有。大家就不免着急，心里头满满都是绝望和忧伤。那种感觉，和眼见好吃的食物被人慢慢蚕食干净，对方却一直没有邀你分享的意思，庶几近之。随着最后一点被一口吞掉，那一瞬间，人就完全陷入崩溃的泥沼之中，不痛哭流涕，简直不能表达心中的那份愤恨和无奈。

老天爷有时候大概也过意不去。憋了许久，终于似要下雪了。连着几日，都是绵绵的阴雨，寒风从村道掠过，沙沙地穿过竹林，雨水穿过竹叶，纷纷落到我们手上、衣领上。整个人冷气四溢，呵气成冰，从来就没感觉暖和过。这样到了某个傍晚，那些雨水突然就发白起来，落到竹林间，沙沙声越发地响了。慢慢的，终于看清，那些肆意从空中落下的，全是雪霰子。用手接住，一粒粒的雪霰子，或是圆锥状，或是椭圆形，像夏天从冰棍上刮下的冰屑，在手上很容易就化了。有用心的小伙伴将手在冷风中冻上一阵，这样接到的雪霰子可以放在手心久一些。

这样的夜晚我们孩子可以聚上很久。大家在屋子里高兴地谈论明早的雪会有多大，想象着书本上看来的各种堆雪人、打雪仗的游戏，乐不可支。暗夜散去，看一眼窗外洋洋洒洒的雪霰子，开心得一点睡意都没有。迷迷糊糊睡到第二日清晨醒来，推门一看，以为会是一大片银装素裹的世界呢，结果大失所望，田野、竹林、屋顶、远山，什么事都没有。田野的大片枯草还是黄着，一丛丛矗立着；竹丛顶上一簇翠叶绿油油的，晃动一下落下的不过是几滴隔夜的水珠；屋顶褐色的瓦除了亮堂许多，没有丝毫变化；远山的那一抹黛色，依旧青黛如洗，亮得晃人的眼。昨日傍晚开始下的雪霰子，最后并没有带来大片的雪。只有屋檐上偶尔滴下一两滴冷雨，告诉着我们雪霰子终究还是下成了雨。

　　那种感觉，就是终于有人把好吃的递到你嘴边，在你张口的刹那，嗖地缩了回去，迅速塞进自己嘴巴一般。那种错愕、震惊，加之彻底的无望。欲要哭天抢地，却没有丝毫天理可言。

　　我们便懊恼夜里睡得太早，聚得不够久。或许半夜里头，四处积了薄薄的雪也未可知，只是一早气温升高，就都融化了。或者竟被早起的人们踩没了。于是，后半夜，这个尚未在我们的清醒时候见识过的时间段，便充满了无数可能和诱惑，越来越成了我们看雪的希望所系。

　　光明正大地守到后半夜，不被大人催逼着去睡觉，也是有机会的。年节将至，村中殷实人家，总要杀一头猪，部分卖了，部分制成腌肉，储备起来过年。这杀年猪，不知道为什么，大抵总是选在夜半凌晨天寒地冻的时候。这样的夜半时分，大人们都蜂拥而起，也就没人管我们睡不睡觉了，我们去看，大人们也并不会像杀牛的时候那样骂骂咧咧把我们轰走。大人们总是这样，怕我们窥破了秘密，口无遮拦，说了给上天知道，降罪于他们。一些见不得人的勾当，就轰我们小孩。我们这么认定，决定天寒地冻，估摸着会下雪霰子的时候，相约起床看杀猪，进而守到后半夜，一睹雪夜风采。

寒夜静候，睡意之中，突然听得村尾晒谷场响起一阵惨烈的猪叫声，嗷嗷吁吁，裂肺惊心。然后就听得人声鼎沸，有人高声喊着："抓住尾巴，抓住尾巴!"又听得村尾大婶大笑的声音，喘不过气一般嘶喊着："跑了，跑了。你们这些男人连一头猪都抓不住……"这样闹腾了许久，可以听见猪被四处围堵夺路而逃的嚎叫。最后，听得猪一声响彻天宇的惨叫，慢慢地成了哼哼的呻吟，成了喘气，成了一片寂静。猪就被杀死了。

我们便摸出去，摸黑寻到晒谷场。几盏百瓦的白炽灯用竹杠高高地挑着，照亮着满场看热闹大人的喜笑颜开的眉眼。晒谷场一片狼藉，地上被夺路而逃的猪刨出许多大大小小泥坑，还有大坨的猪粪撒了一地。一大木脸盆的猪血兀自冒着热气，被人急匆匆地端走。那杀了的猪，脖子上一个硕大的创口，歪着嘴瞪着大眼浸在滚烫的热水桶中。屠夫也不怕水烫，伸手入水，快速地给猪去毛，不几下工夫，五色杂毛的猪无一例外就成了热水桶中的一只大白猪。去毛停当，几个大人将猪架到案板上，屠夫挑案上一排杀猪刀中最大的一件，手起刀落，也就是我们闭眼的一瞬间，那猪头就被剁了下来。之后整个猪身便被大卸八块，成了案板上的四只大猪蹄，两片大白肉，各居其所，被围观的村民一一认购，仿佛从来就不曾活过、嚎叫过，一出生就是这般一样。屠夫身边装了一大箩筐的猪下水，仔细看无非是猪心、猪肺、猪肝、猪大肠，等等，这些，村民是不能要的，归屠夫，算是杀猪的工钱。连猪主人如果想要其中的一种，都得按照市面的价钱跟屠夫买回来才成。

四处腾起的热气，使得场院中的一切看起来恍恍惚惚的。这个时候，若在高处看来，夜浓如墨，暗夜中只有一处明堂堂的所在，人影幢幢，水汽蒸腾，更是只在梦里见过的一般。热闹渐散，我们看一阵，慢慢觉得无趣。定睛看高高的白炽灯影下，雪霰子纷纷洒洒如夏日夜晚的蚊蚋，铺天盖地疯狂而来，又一下子投入热气中，什么也没有了。

等了许久许久，脚下污水横流，雪霰子下一阵，停一阵，又下一阵，最后终于又停了。大家伙分了猪肉各自散去。村头村尾，鸡叫声四起，高一脚深一脚走回家，虽是寒冷的后半夜，四野弥望，雪还是没能积起来。

被雪霰子欺骗的次数多了，我们终于像故事里那个被孩子一直喊"狼来了"的村民一般，心底常常处于不知道该不该再相信一次的焦虑境地。看惯了老天爷每次总是很努力的，最后却憋来一阵雨的样子，大家只好自谋出路，玩一些自得其乐的冰雪游戏了。

水在低温下可以结冰。这个跟冰雪有关的道理突然有一天就在小伙伴们中间传开了。每个人都成了小小科学家，怀揣着科学实验的理想，跃跃欲试。某个日子，寒风凛冽，机会也就来了。晚饭后，将家里的碗取一个来，从水缸里打一碗水，将它晾在窗台上，就可以等待水结成冰了。实验的时间难熬，翻来覆去难以入眠。半夜里，总要起来几次，偷偷瞄一眼窗台上的碗，看见冷冽的月光下，玉碗霜雪凝结，一汪浅水映着冷月，发出清幽幽的光。忍不住用手去触摸一下，唰的一下，光影破灭，水还是水，冰块连一点影子都没有。心底牵挂着实验到底能不能成功，一个夜晚就睡得支离破碎了。

第二日早早起床，怀着忐忑的心，小心翼翼用手去探一下碗里的水，入手突然是坚硬的冰块。一刹那，心欢快得要跳出来一般，一把抓过碗，使劲将冰块抠下来揣上，飞快地跑出门，跟小伙伴们汇报去了。

不是每个小伙伴都做成功了实验。有把碗放在屋廊下的，有半夜动不动就摸一下水的，有时不时凑近探看的，还有在水里放糖放盐的，都没有成功。成功者传授经验，进而认为心不够虔诚的，夜来看了太多眼的，冰照例也是不结的。这火候拿捏的功夫，不可言传，只可意会，也是没有什么道理可讲。半日里头，我们怎么说都是对的。失败者跟着我们，眼睁睁看我们将冰块在手上不停地把玩，最大的期待就是我们良心发现，偶尔能给他也摸一下这金贵的寒冰。

这样的冰块并不厚，一两厘米左右，我们右手捏一阵，冰得受不了，又换到左手，视若珍宝。在我们的把玩下，冰块终于越来越小，也越来越黑，最后消融成手心里的一摊水，归于无形。

如此寒夜，山边的小水洼，水田的小坑洼，也会结一层薄薄的冰。用脚轻轻一踩，整片就脱落下来，小心揭下来，在冰块中间钻一个孔，用稻草穿着，明晃晃的，也很是惹人羡慕。这么薄、脆、晶莹透亮的冰片，看得久了，就想尝尝味道，好吃者掰下一小片，嘎嘣咬碎，入口冰凉，虽还带着些许泥土、青草的气息，却居然也有微微的甜意，算是冬天给我们的最大馈赠了。

　　偶尔会有那么一天，没有任何征兆，起床来，"独出前门望野田"，突然间就看到远处山顶上白茫茫一片雪，虽然遥远，虽然不可触及，但那种庄严肃穆，顿时让我们哑口无言，"山顶宁静的积雪，多么让我们神往"，这些远处的雪，虽不能至，终于也给我们的向往，画上了一个聊胜于无的句号。

大寒：万物藏

　　大寒至，一年的最后一个节气就到了。周而复始的乡村生活，在这个节点，盘点张罗，刀枪入库马放南山，是万物收藏的时候了。

　　天气晴好的日子，家家户户便张罗着将谷仓中的稻谷挑出来晒。庭院里一大早就铺上硕大的晒垫。一筐筐的稻子倒在晒垫上，就是一堆堆金灿灿的小山。太阳一露面，用竹耙将稻谷推翻，一层层犁开，稻谷翻滚着散开，仿佛雨天用脚在水田踩过，一朵朵的花朵竞相绽放。大抵晒上那么一两天，稻谷就可以入仓，依旧挑起来收回谷仓。

　　和晒稻谷的相对轻松不同，这个时候，也要收入谷仓的番薯丝，则如冬夜的寒霜一般，想起来就有掩不住的寒意。

　　各般品种的番薯在地里经了霜冻，都味道上佳。白心的雪梨，经霜后吃一口汁水淋漓；红心的红牡丹，甘甜爽口；黄心的紫心的，也各有各的味道。但对于我们而言，意味着的更是无数道需要费心费力去面对的恼人工序。

　　先是割藤蔓。冬日午后，人手一把弯刀，躬身在田垄之间，把番薯藤蔓一丛丛割断，晒上数日再收拢番薯藤担回家，一手血泡痛彻心扉；再是挖番薯。光秃秃的田地，需要在傍晚将番薯从地里刨出来，一堆堆收拾入箩；然后要挑番薯。一箩箩从田头挑到村口的晒场堆好，扁担在两个肩膀压出一道道勒痕，十几天都碰不得，疼痛不堪；最后要洗番薯。番薯倒出来之后，照例要掰去残留的藤蔓，冰冷的汁液粘得一手都是，回家怎么洗也洗不干净，最后凝聚成黑色的污渍，粘在皮肤上得四五天才能剥干净。对我们而言，这些都苦不堪言。

更为痛苦的，则是第二天一早起来，我们几个孩子还得哆哆嗦嗦地挑着水桶去井台打水。那时候，四野一片静谧，田里的土被霜冻得似开锋的刀刃，白花花的，在晨光中寒气四溢，看一眼就让人竖起一身的汗毛。我们挑着满满的水，摇摇晃晃从刀刃中穿过，将水挑到晒场倒进大水盆中。水挑满后，搬起番薯倒进水盆，在冰冷的井水中把这些沾满泥疙瘩的番薯洗干净，每个人的手都搓洗得像紫色的生姜。待得太阳升起一杆高，田野中蒸腾起温润的水汽，我们，终于可以收工回家了。身后，是忙着刨番薯丝的长辈和逐渐复苏的大地。

番薯丝经过十几日冬日阳光照耀，慢慢从新生儿肌肤似的雪白、嫩红，变得凝重，最后跟老人们的肤色一样，失去光泽，成了凝固的灰褐色。从远处看，一席席晒在竹垫上的番薯丝整齐地码在村口，沉默不语气势磅礴，仿佛是千千万万个番薯的精灵睁着眼睛看着你，让人胃里直泛酸水。

完全晒干透的番薯丝倒入谷仓也并不容易。家家户户的谷仓大抵是用木板隔成。在旧家的二楼一角，四四方方一个，差不多顶到横梁位置。里头分成两格，一格放稻谷，一格就放番薯丝。仓门也是木板，不过可以拆卸。随着番薯丝的升高，仓门也逐渐升高，要倒入一筐，得用力举起，把吃奶的力气都用尽，才算勉强完工，那手，是要酸痛好几天的。

五谷入仓，照例开始宰鸡杀鸭。很奇怪的是，大人们对牛有感情，却对猪没有感情，对鸡鸭也没有感情。年迈体衰的耕牛，最终确定要宰杀的时候，大人们诚惶诚恐，先是到宫庙里许愿，临行前，再一番折腾，弄出丰盛的谷糠嫩草，让牛饱餐一顿。然后才将牛牵到某个默认的杀牛场，将尾随看热闹的孩子全部轰走，这才开始杀牛。整个过程庄严肃穆，没有常见的欢天喜地。杀猪就没有这么多藏着掖着，白刀子进红刀子出，干脆利落，不留余地。宰鸡杀鸭更不待言，抓起就拿锋利的菜刀往脖子抹去，心狠手辣，没有一丝情面。

这种对牛的特殊感情，可能是来自朝夕与共，共同干活的革命情谊吧。又或者真的是牛通人性，能跟村人称兄道弟吧。我们听说，那牛步履蹒跚走进杀牛场，就"哞哞"长叫几声，在大树底下卧倒，睁着大眼睛看着忙碌的人们。该是知道命将绝矣，牛这个时候居然会不停流眼泪。杀牛也不似杀猪那般折腾，屠夫拿来大铁椎，对着牛头一椎致命，整个过程牛一声不吭，也不挣扎，也不反抗，玉山倾颓，一切烟消云散。

但鸡鸭跟我们孩子却有感情，大人们也是浑然不顾。三四月间，走村串户的小贩，挑着两大竹笼粉嫩粉嫩、叽叽喳喳的小鸡小鸭过来，我们就负有挑选之责。将看上的小鸡小鸭挑出笼子，放在地上一阵恐吓，那些腿脚还不稳的小鸡小鸭就拼了命拍着翅膀逃窜，那些跑得最快最灵活的，就是我们的首选。小心翼翼捧进院子，这鸡鸭就正式落户，成了我们中间的一员。

鸡鸭放养在院子里，放学回家，就会围一圈过来，叽叽喳喳吵着要吃的。撒一把米糠，逗弄一阵，依旧轰到草丛中寻找虫子去了。遗憾的是，小鸡小鸭可爱诱人，等鸡鸭慢慢长大，院子里到处都有它们的影子，也就越来越不可爱。柚子树干上，斜逸的横木上，长日无事，就那么蹲在上面打盹，偶尔伸个懒腰，拉一泡屎，咯咯嘎嘎叫着，进入肥胖丑陋的暮年。甚至连我们叫唤它们，也爱理不理了。等到年关一到，只能被大人们轰进笼子，批量屠杀。

乡下孩子，一方面对朝夕相伴的鸡鸭不舍，另一方面又很是嘴馋，最终自我安慰，想着大人连牛肉都吃得不亦乐乎，何况生来就是为了吃肉的鸡鸭？何况又已经如此木讷的鸡鸭？于是对大屠杀熟视无睹。甚至在烧开水的过程中，还添一把薪火，全然不念旧情。

等开水沸腾，大人们从笼子中顺手抓出一只鸡或者鸭，一抹脖子，放半碗血，就随手扔开，伸手又去抓下一只。那被杀的鸡鸭，一时半会儿并不就地死去，歪着脑袋，扑腾腾拍着翅膀，在院子里最后跑个半圈，尔后扑地挣扎几下，就悄无声息了。我们便去拖回来，扔到大水桶中去毛。

杀死去毛的鸡鸭在灶台上用烧焦的大米熏过，然后在阳光下暴晒，很快就黑黝黝地冒着油脂，闻一下，一股浓烈的肉香伴随着一股微焦的米香直入心脾，浑然不是活着时候那般臭烘烘的。这些熏好的鸡鸭都用绳子系起，用钉子钉在一楼的横梁上。不久又有做好的腊肉加入，家家户户走进去，仿佛是年货展览馆。大家都知道，年节终于要到来了。

仓廪实而老鼠肥。虽然五谷入仓的时候，大人一再交代要我们静悄悄干活，不要议论，说是一不小心，就会让隐藏在某个幽暗之处的老鼠听了去，那么，它们就会知道谷仓位置，各种风险就来了。我们在劳累中一改叽叽喳喳的习惯，果然不说一句话，但似乎并没有什么效果。这个时候开始，家里的老鼠四处出动，开始了跟我们斗智斗勇的一段日子。

最猖獗的就是谷仓旁的老鼠。入夜之后，我们睡得正迷糊，咚的一声，老鼠出场了。先是蹑手蹑脚查探，发现四周没什么动静，老鼠们就集体出动，刷拉拉在楼板上跑过。然后听见抓挠仓门的声音，啃啮木板的声音，抓挠楼板的声音，吱吱声不断。等你猛一拉灯绳，在灯光亮起的一刹那，听得哗啦一声，眼前又什么都没有了。过不了几天，就可以看到楼板上总会有番薯丝或者谷粒出现，查看谷仓又看不出端倪，无奈之下，家里便开始养猫。

猫的出现，对老鼠而言是致命的。夜深吱吱声响起的时候，睁开眼看去，床头的某处会出现一对荧荧的幽光，刷的一下，便听见谷仓旁老鼠的惨叫，然后四散开的沙沙声，最后归于寂静。第二天，在楼梯上或者墙角，往往可以看到被吃剩的老鼠的尾巴。有一次，大人扫地的时候，甚至发现了一截老鼠肠子。想着猫每天在自己的床旁边磨牙霍霍荼毒生灵，实在不是个味道，这也让我们对猫没有好感。

鼠患的暂时解除，并不表示从此高枕无忧。养虎为患，用在猫身上也是恰如其分。稍有不留神，将椅子甚至扫把靠近横梁，猫就敏捷地攀爬而上，一个漂亮的鱼跃，一把扯下挂在横梁上的各色腊肉，叼着一溜烟就跑远了。待我们发现梁上少了一块肉出去找的时候，在草丛中往往只能找回半截腊肉，这更增添了我们对猫的愤慨。

好在第二年春天，在一声声的叫唤中，猫们就会离家出走，最后成了流浪的野猫。过不多久，在溪滩上就会有一窝的小猫仔。村人寻一些膘肥体壮的领养回家，其他就由着自生自灭了。家里的谷仓，第二年又换了新的一任守护者。

万物藏，至此，村庄韬光养晦，开始新的一个轮回。

外篇——轮回的时光

卷一：道可道

半仙

村子东头，有一棵老柿子树，要几个孩子手拉手才能抱过来。树干上全是疙瘩，像是乍一受惊吓的癞蛤蟆的皮。春夏时节，柿子树枝叶伸展开来，密密地透不下一丝的太阳光。等到秋后，一树树叶落尽，只剩下无数的大红柿子，在秋阳中明晃晃地亮着，远远看去仿佛一树鲜花，巍然怒放在村口。

老柿子树下，有几间老屋，一间是个杂货店，卖些针头线脑、油盐酱醋。偶尔也会卤几味小食，卖给过来急急喝上一碗散酒的村人。每逢这个时候，喝的人一两白酒下肚，哈的一声，夹一块卤猪头肉或者卤五香干，咬上一口，那滋味，连围观者都感觉五脏六腑被熨得服服帖帖。

其中还有一间，住的就是老半仙。老半仙姓吴，论辈分得是爷爷辈，我们却不愿意叫他。几扇木板门，白天的时候，别人家都是拉开或者全部卸下来。而他，永远都只卸下两扇。卸下来的门板直接靠在未卸下的门板上，颤颤巍巍，让每个侧身而进的人提心吊胆。

屋里暗影流动，黑色的泥地踩上去结结实实，却给人一脚就会陷入泥潭的感觉。

老半仙就端坐在屋子最里角的一张黑褐色长桌前。桌上摆满了各种各样的龟甲兽骨，还有牛角做的卦爻。身后泥墙处，就是各种各样的符箓、铜铃、草药、假牙、家畜野兽的头骨，挂着的，堆着的，在半仙的屋子里联结成一个神秘的网，让我们这些孩子心生敬惧，又有小小的念想。

进屋找他，照例是没有什么大事。常常是家里大人吆喝一句：那个谁，去老幺公家里问问，最近什么日子好？于是我们便答应一声出门去，在竹荫蔽日的村道上磨蹭半天，踅到老半仙家里去。

老半仙并不怎么看我们。问清楚我们要看的是耕种啊、收割啊、尝新啊哪类的日子，就去身后窸窸窣窣掏出一本老皇历，找到日子和时辰，念念有词一番。然后用龟甲什么的压住，取出一张巴掌大的黄表纸，站起来，握住桌上斜放着的一管毛笔，用嘴舔一下，刷刷刷将时辰抄下来。

我们盯着老半仙写字，那手一直颤抖着，青筋暴露，跟老柿子树的树干一样全是瘢痕。写一个字，就将笔锋放嘴里舔一舔，那嘴没有一颗牙齿，整个都瘪了进去，布满皱纹，再加上几抹墨迹，跟桌上的龟甲便一个样子，让人浑身起鸡皮疙瘩。

这样写完，我们拿着黄表纸，生怕把那混合着唾沫的墨渍粘在手上或者身上，一路举着，疾奔而回。

日子就这么有一搭没一搭地过去。村头的老柿子树落了几回的叶子，又结了几回的果子。我们这些小娃儿也慢慢长到了一定的年龄，开始感受到家里的困顿。有一年，该是读完初中的时候吧，在外地包工的父亲突然赶回家来，接了一直寄养在伯父家的我们，准备到他的工地干活去。

临走前日，一直絮絮叨叨的伯母自己去找老半仙算了一卦，回来也不说话。第二天起早烧了一大碗点心给我们吃，算是饯行。

车子一路向西南到宁德，正是入夜时分。一车人在荒郊野外停了下来，被司机拉到一个破旧饭馆吃饭。饭碗端上来，黏糊糊的不知道是什么，司机跟店主一起，对不吃饭的乘客骂骂咧咧。父亲倒是见怪不怪，让同行的村人胡乱吃一些东西。再上路的时候，大家昏昏沉沉间，突然听到一声惨叫，续之以刺耳的剐蹭声，很快，车子就歪歪斜斜地在山路上停了下来。

一车的人都站了起来，寻找惨叫声的来源，父亲从前排转过身来，看我白色衬衫上满是鲜血和玻璃碴子，吓得就要摔倒。我错愕不已，仔细看，发现前排的一个同乡一身血，整个左手被从肘部撞断，鲜血从断臂处汩汩溢出。我一身斑驳的血迹，全是前排被撞上的时候溅过来的。

车里陆续发现其他的受伤者，有手指被切断的，有额头被碰出血的，惊吓之中恢复过来，才慢慢感觉到疼痛，车厢里一片鬼哭狼嚎。那同乡逐渐又恢复痛觉，不住口地咒骂着司机，大喊着要同乡去痛揍一顿司机。此时司机和一个司乘，全然没有了刚才在那野店的跋扈，六神无主，不停喊着皇天哪皇天哪。

彼时的我年纪小，完全不知道害怕，看着这么一车大人惊慌失措，看看车窗外漆黑长夜再无一辆车子经过，小小心底突然起了前路渺茫的忧伤。

折腾许久,一车人才慢慢缓过神来,决定就近去医院。这样司机终于坐到驾驶座上,开足马力赶往宁德的一家解放军医院。待得入院,安排各种就医,剩下的同乡被父亲安顿到一家小旅馆住下,天都蒙蒙亮了。

在宁德一住就是二十几天,父亲拍了电报让工地上赶了人过来,接了愿意继续去打工的同乡去。至于那被截了上肢的年轻人,拿到司机的几万块赔偿,不愿意再去工地。经此变故,父亲也不愿意我再跟出去。于是,我们便重新跟着父亲调转马头回了家。

到家不免要跟村人各种渲染。那几日父亲在村口的小店请人吃卤味、喝啤酒,常常夜半才回。伯父母也一改往常动辄放出要父亲承担抚养孩子责任,否则都滚蛋的重话,居然让父亲继续让我寄养在他们家,能读书则读,读不会则干点农活就好。

要隔许久,我才知道,临行那日,伯母从老半仙那里求得一卦,卦上说:不利西南。

这样又是很多年,老柿子树也垂垂老矣。有一个夜晚,一枝粗壮的枝丫断了下来,砸翻了一大片院墙,仔细看,枝丫中空,只一圈干巴巴的皮连着。树犹如此,人何以堪!老半仙更老了,偶尔看见他窝在门前晒太阳,整个人蜷缩成一团,灰暗得如同树的阴影。

父亲兜兜转转也回了乡,在附近承包一条小山路的修建工程。村口小店的卤味、啤酒已经吃不大起,偶尔和村人一起喝一口散装白酒,摸上一把花生,互相吵闹几句,日子过得家常而又灰暗。不久，父亲吃东西开始感觉反胃，最后到了吃一口就大肆呕吐的状态，去医院一检查，食道癌。

父亲的花要谢了。村口的小店不再去，偶尔会突然问老么公还在家吗？问了几回，有一天，伯母便带着我们去老半仙的家，希望能找到治病的法子。

老半仙看我们过去，从墙根里颤巍巍站起来，也不言语，坐在大长桌前，掏出老皇历仔细地翻看起来，然后又叹息着站起来，把身后的符箓、草药、龟甲、兽骨取了许多下来，包在一起递给我，说一起煮烂了服用，应该有效。我伸手接过这一包沉甸甸的药，鼻子里嗅到若有若无的一股气息，苍老、发霉、苦涩，却分辨不出是什么味道。回家一煮，整个家中也是这种若有若无的气息。

父亲吃了一些，依旧边吃边吐。突然放下碗来，幽幽地说："我年轻那阵子，有一回在水库里捞鱼，抓了一只大甲鱼，大火炖起来，那味道真是香啊。"这是父亲最后一次怀念一种食物。父亲不会游泳，捞鱼云云不知道从何说起。我想着，兴许是他记忆错乱吧。不久，父亲去世。他的病痛和他斑驳错乱的记忆，都永远消失不在。

从此我再未去过老半仙的家，一些年后，听说他也过世了。又几年，旧村改造，村口的老柿子树也锯了，一枝一丫地锯，砸下来，底下人哗啦一声吆喝着跑开，然后又哗啦一声聚拢来，绿头苍蝇一般。那些枝丫，有的空心，有的也还结实着。柿子树下的老房子也全都拆了，乒乒乓乓声里，老半仙家泥墙上七零八碎的符箓兽甲，一股脑儿，都湮灭在黄泥堆中。

茅山术

"会茅山术的，不一定是茅山道士，有一些人，走南闯北，机缘凑巧，就会学得一两手茅山术在手。"村人这么告诫我们这些孩子，"还有一些手艺人，从祖师爷起就世代相传一些茅山法术。这些人你们要小心，要躲得远远的才好，万万得罪不起。"

每每村里的老人这么正儿八经跟我们说，我们越是耐不住好奇心，越想知道这神乎其神的茅山法术是怎样的。

但村子实在太小了，手艺人又少，基本上很难碰到。要等很长的时间，村里突然有人要修房子，会茅山术的木匠才终于出现。这些走街串巷的木匠，祖师爷鲁班，跟着木工活一起传下来的，是茅山术里头趋吉避凶祈福诅咒的本领。

手艺要好，心术要正，这样修建房子暗地里就更多了许多考量。常常是谁家要建房子，几个月前就开始在四乡寻找合适的木匠。这木匠，跟村里一定得沾亲带故，这样万一出了什么问题，可以找到追究的人家。等到家里备好木料，筹好经费，木匠也就找下了。

某个晴朗时日，村人吃喝一圈，将我们这些半大小孩都叫过去，到得院子里，发现横着竖着立着叉着全是各式木料，轰轰烈烈的造房运动就开始了。有很多的日子，我们一空下来就被指使着抬木头、扶锯子、运砖块、搅石灰。虽然只是搭手的活，整个人却灰头灰脸，不胜其烦。好在木匠的活总会结束，某个夜半，突然一阵震耳欲聋的鞭炮声，我们知道那房子终于要上梁了，挣扎着从床上起来，赶到院子里，已经是里三层外三层站满了各色人等。

我们几个小孩都围在木匠身边，看他神色肃穆，接过主人准备的一块红布，将稻子、大米裹进去，包扎好，卷在大木梁上。接着一声吆喝，震耳欲聋的鞭炮声就在脚下炸响，烟花四溅中，几个五大三粗的壮汉大声唱着什么，将横梁拉了起来。"哎哟哎哟"声中，上梁就此结束。大家松了一口气，团团坐到院子里摆好的几张八仙桌前，吃喝起来。

热气蒸腾，觥筹交错，有来事的小伙伴偷偷告诉我们刚才上梁的时候，主人特地叫他要小心盯着木匠，就怕在红布里头裹进不该裹的东西。

"会是什么？"

"什么都可以啊，木头、砖块，甚至一块破短裤，只要木匠乘人不注意念几句咒语，挂到梁上去，半夜里，这些东西就变成小人儿，把这户人家的财气全部搬走了。"

原来如此。这就是我们心心念念的茅山术。

我们一边惭愧自己方才在爆竹声中抱头鼠窜而未能为主人尽守土之责，一边继续大快朵颐。同桌的大人几杯烧酒入肚，开始活灵活现地说着多少年前，有木匠在上梁的时候放进了自己的裤头，之后那户人家家道中落，待得要拆下木梁变卖的时候，才发现梁中的奥秘。

"一村的青壮年都集中起来，冲到木匠的村子里去，将木匠拖回来，剥个精光，绑在祠堂前面。暴打，都要准备开祠堂大会了，对方村里的老人赶过来，赔了大笔的钱，那个木匠才没有被开膛祭祖。"

大人们说得起劲，我们看着灯光斜照下，那唾沫星子带着耀眼的光芒，斑斑点点飞溅到菜盘子里去，及时把要提问的小伙伴按住，闷头痛吃起来。

家宅聚财，祖坟聚运。跟会造房上梁的木匠一样，修建祖坟的泥水匠也是鲁班的弟子，自然也有不为人所知的茅山之术。而这，我们已经听村里的泥水匠自己说好几回了。

老人过世安葬，入穴封穴是最后一步。这个时候，泥水匠有没有良心就可以看出来。有良心的，自然要细心砌砖刷灰，为逝者营造一个隐秘而安全的地下世界。没良心的，则乘机报复主人家。刷得不均匀故意留下缝隙还算是好的，有更过分的，甚至在墓穴里头塞一些符箓。

"那个时候，主人家正在悲痛中，哪里有工夫管我们，以后也不会被发现，毕竟没有人会把墓穴重新扒开看。这些符箓就可以把主人家后代升官发财的运道给夺过来。"泥水匠得意洋洋地说，大抵是酒桌上，醉眼惺忪，环顾一周，志得意满，"所以，我们泥水匠是不能得罪的！""砰"放下酒碗，吓得我们一激灵。

这样说着，虽然不知道真假，我们这些孩子，还是敬而远之。村人却对这个醉鬼不以为然。

村西有一户人家，大人们的态度就截然不同了，每回提起，都说那才是真正在茅山受过术的，让我们这些小孩子少去那边。

那是独门独户的一个小院子，离村人聚居的地方实在有些远了。顺着河滩走出去，在一大片田野之中，那个小院子孤零零坐落在山岭之下。院子用竹篱笆围了一圈，从篱笆外看进去，有几株柚子树东倒西歪地长着，有几垄蔬菜细细密密地绿着，有几只鸡鸭唧唧嘎嘎地游荡着，一会儿就结伴钻进院子角落的竹篾笼子里去了。篱笆外的田野里有野花，有笔直而疏朗的桉树林沙沙地在风中响着。再远处的溪岸边有一丛丛的竹子肆意地生长着，将裸露着的那些细密而坚韧的竹鞭深深扎入河床的泥土中去。

田野一片明亮，茅草屋却似乎永远在山的阴影里头。偶尔放牛、砍柴或者割草经过，大家张眼望望那黑乎乎的院落，心惊胆战地赶着牛赶紧就跑了。

茅草屋中住着三个老人。三兄弟，都打了一辈子的光棍。说是年轻的时候，家境殷实，便都跟道士学茅山术，好好的却偏要缠着师父学害人的法术。有一天师父发了怒，给他们每人一个坛子，说里边是他们各自一生的运道。砸了坛子，掉出来的三个字分别是：孤、绝、穷。

一辈子的远大抱负，一念起，一生休。这三兄弟回村里都做了石匠，赚点钱，全部用在吃吃喝喝上，几间茅草屋也没能翻新，穷。都没有娶到媳妇，自然也就没有儿女，老来果然是孤独、绝后。

"茅山术是不能随便用的。他们，居然拿来害人。"村人说起来总是头头是道，"有个小伙子不信邪，半夜摸进他们院子偷柚子，结果看到树上挂着一把大铁锤，伸手去摘柚子，整个人就飞了出来。回来没几天，那个小伙子就死了。"

"不是铁锤，是一把锄头。"有人纠正道。"是斧头！"旁人又马上辩驳道。"哪里那么简单！他们可以穿墙而入，等你睡着了，就朝你胸口重重一锤，把你打死了。"我们也得不到个准信，将信将疑地走了。看到他们三兄弟的任何一个，想到无数可以走路的小纸人，想到穿墙术，想到遁地术，想到呼风唤雨，涌起无数的好奇，又被恐惧给压制住，远远地躲开了。

但这哥儿仨，越来越老，年轻时候的满脸横肉渐渐长成皱裂的皱纹，就越来越不像坏人的样子。他们从来不走进村里的小路，也不跟村人招呼，天天抱着一大捆的桃树苗，行色匆匆。但偶尔在田野之间看到我们这些孩子，会停下来，站在田埂之间，脸上云层一般慢慢聚拢起那些细密的皱纹，然后艰难的笑容从嘴角开始，顺着脸颊，再到额头依次就绽开了。

我们每次都在他们的目光之中傻站着，等着这艰难的可以喘息的笑容一出现，立马大喊一声，落荒而逃。

田野间逐渐被他们种下的桃树所占领，渐渐地，桃树往河滩边，往山坡上蔓延开来。我们搂柴火割猪草的地盘也越来越小，但我们一句牢骚话都不敢说，村里人也半个屁都不敢放。过了一两年，桃树突然就漫山遍野开起花来，漫山遍野结起果来，村西头的空旷疏朗倏忽间换了景象。

没有村人敢去动那些桃树。谁知道呢，那些桃树，会不会被他们施了什么法术，但凡敢动一根手指，没准就会大祸临头。

这样就是好几年，三兄弟陆陆续续地，就都死掉了。居住的茅草屋没人打理，风吹雨淋，最后破败不堪。桃花年年白，桃子年年红，也有村人终于大着胆子去摘个花折个果什么的。互相看着也不见有什么灾难降临，反而是出手快的，还多卖几个钱，于是渐渐就有了争执，最后村里老人出面，将那些桃树按照村组分片，算是歇了纠纷。

这样又是一些年。有一年村里农田改造，说是要开发耕地，于是叫了部挖掘机过来，轰隆隆将整片桃林铲平了。外地来的挖掘机师傅没得个准信，不知轻重，将桃林深处破败的茅草屋也一铲子铲掉了。田垄一片，再也看不出一丝丝的旧家痕迹。

茅山绝技，自此也就没人谈起。

道士下山

道士者，不知姓甚名谁。有知晓者，都称呼阿度，不知是取普度众生意，还是俗家本名？有人这么叫，有求于他者也便这么称呼上了。

父亲见到他的时候，道士已经五十来岁光景，褐衣芒鞋，飘然而至。身边跟个随从，正是前几日见到的他家侄子。大家匆忙地将他引进门来。灯光下，终于看得真切，这道士身材高大，满脸肃穆，一头长发用发髻挽起，间杂着的银丝一闪一闪，在板凳上坐下，双眼一闭，似乎马上要入定的样子。

找道士花了我们不少时间。

邻村的老妇人前些日子查出胃癌，在医院看了一段时间，扔了许多钱进去，依旧得不到准信。问医生，也说不出能不能好。一气之下，花大力气找到道士，央道士治疗。

"他一运气，感觉里面有一团火在烧，肚子鼓鼓的，一个多钟头下来，突然就不疼了。全好了。"老妇人逢人就说。那话有人终于传到患病的父亲耳朵。"老妇人去医院又做了个检查，全好了，什么癌！全是医院为了赚钱骗人的。"传话的人郑重其事地补充道。

大夏天的下午，少年的我跟着本家伯父，乘着柴油船在纵横的河道间穿行，去寻找那个神一样的道士。没有一丝风，两岸垂柳被大太阳晒得蔫巴巴的。再远处，收割完的稻田裸露着，水面蒸腾着雾蒙蒙的热气。这么一两个小时，在柴油机不停的轰鸣声中，我们终于在一个不知名的小村庄上了岸。

岸边树荫下有几块大青石，有几个村妇噼噼啪啪地在捣衣。本家伯父大声问道："阿度师父家怎么走啊？"马上就有人热心停下来指路。在一条黄泥马路尽头，一排瓦房中间，阿度师父的家就到了。

但师父并不在家。出家人哪里有家？这个家是他俗家的家人的家而已。得到的是一连串不好的消息。看着我们一脸失落，邻舍的一个中年汉子过来，问了情况，便说自己是阿度师父的侄子。"他在山上修行，要找他治病并不难。回家之后，等到月圆之夜在院子里点三支香，默念阿度师父的名字，只要心诚，他自然会去的。"那侄子细致地指点了方法。

本家伯父不住地虔诚点头，后来忍不住问："阿度师父看病要给多少钱？"对方笑了笑，不置可否。

这样回来，一路的炎热慢慢就消解了。到得家来，本家伯父告诉了父亲寻医的经过，父亲也突然精神许多。晚饭时间，突然要了碗稀饭吃，边吃边剧烈地咳嗽，边咳嗽边激烈地呕吐，最后终于算是吃完了。

三两日后，终于挨到月圆之夜。父亲、本家伯父、我早早就备下香烛，等着天色稍微暗下一些，早早就悬挂天际的月亮光芒乍现，马上就冲到院子里点了香烛。大家围着香火，各怀心事。我抬头看父亲，发现父亲虔诚地闭着眼，双手合十，念念有词。

一炷香还没烧完，村路上突然就传来"突突突"的三轮卡的轰鸣声。那声音仿佛急进的战鼓，到院子外边突然就停下了，代之的是本村那三轮卡司机大声指路的声音。不几时，邻家的狗大声咆哮起来，我们急忙迎出院子外，盼星星盼月亮般期盼的阿度师父果然来了。

喝了一碗水。很多得了消息的村人都赶了过来，七嘴八舌地问病求医。我心底很是不乐意，感觉到一件属于自己的物事被人毫不尊重地取用，心底盼望着阿度师父不要搭理这些闲人才好。果然，阿度师父并不理会旁人，闭眼休息够了之后，就把父亲叫到跟前问了几句，很快就被一大帮人簇拥上楼。

阿度师父让父亲端坐在床前，脱去外衣。自己蹲个马步，大喝一声，双掌缓缓推出，如是者三，便站起来，走到父亲身边，将双掌在父亲周身开始揉搓。不多工夫，褐色圆衫领上就被汗水浸湿一大片。再看父亲，闭着双眼坐在床前，一动都不敢动，那样子生怕哪个步骤出了问题而影响医疗效果。

这样过了大概一个多钟头。围观的人群见不出端倪，逐渐散去一大半。突然从楼梯口哐哐哐地上来一名壮汉，大声嚷道："什么师父？让我看看！"酒气扑面而来。

治疗既已告一段落，阿度师父正站起来，那壮汉就这么径直冲过来，一双大手往师父身上抓去。阿度师父看了一眼，伸手一格，顺手抓住壮汉手腕，一使劲又一别脚，壮汉通一声就跪在楼板上，发出杀猪一般的嗷嗷大叫声。围观的几个人慌忙上前劝了，早有人骂骂咧咧将醉汉架了出去。

阿度师父坐下来，一口气喝干一碗茶，才开始跟父亲说自己的年龄大了，不知道方才的用功是否有效果。可以再到医院去查一下，希望能转个字眼，不再是这个病了。又看了一眼身高才到床沿的我，叹息着摇摇头。

突然间，邻居家一阵喧闹，本家伯父的大儿子疾步上楼来，冲着阿度师父慌张地叫着："师父救命，师父救命。"原来是本家伯父最小的儿子在外边嬉闹回来，在灶头匆匆忙忙扒拉了一大碗冷饭，突然就口吐白沫倒在地上，正好被进屋的老大看到，慌乱之下想到正在隔壁治病的阿度师父。

人命关天，阿度师父长身而起，健步就蹿下楼去。所有人都慌慌张张跟下楼。父亲也坐不住，跟着我慢慢走到本家伯父家。却见阿度师父正坐在地上，运气给小娃子全身搓揉着。之后，又抓住堂兄弟的肩胛骨用力搓揉，很快，堂兄弟的肩上、胸口出现了大片的青紫，接着哇的一声号叫，堂兄弟终于哭出声来。

"好了好了。"围观的人七嘴八舌，一遍遍复盘刚才的惊险历程，最后都归结到称赏阿度师父上。阿度师父喝完本家伯父奉上的茶水，擦擦汗就回了我家阁楼。

一个晚上再无他话。

第二天一早，我去楼上叫阿度师父吃稀饭，见他正端坐床上，他的侄子在窗口往外看着什么，见我叫唤，两人便起身下了楼。饭毕，本家伯父和父亲叫了三轮卡过来送阿度师父他们上车，临上车一再推了五十块钱过去。师父也不再推脱，车慢慢开动走远，扬手将那钱远远扔了回来，喊道："记住去医院再查查。"三轮卡突突突地响着，越来越远，终于消失不见。

父亲终于没有再去医院检查。他总是觉得失望，说并没有觉得有火在烧，也并不像电视里头看到的真气横溢，电光石火。在这样的失望中过了几个月，父亲就去世了。一年后，邻村的那位老妇人也病发身亡。

从此，我们也就不曾再见阿度师父。

卷二：如斯夫

午夜录音机

那时候，录音机方流行，稀罕一如黑白电视机。

邻近一人家，是村里的外来户，长年累月，只见到一个女孩子和她的伯伯待在家。晨间推门欸乃一声，薄暮归家炊烟一缕，怡然自得，跟村人少见往来。

那女孩，就有一个录音机。

女孩十六七岁光景，面容姣好，尤其一条马尾辫，垂至腰间，走起路来，马尾辫纹丝不动，人却娉娉袅袅一路远去，看得我们这些半大孩子忍不住都想伸手去拽那马尾辫。

偶尔，傍晚时分，女孩将录音机调得山响，村道上刹那间便是"美酒加咖啡/我只要喝一杯"或者"还有/还有/为了梦中的橄榄树/橄榄树"的甜蜜女声，颤颤巍巍从竹林中穿过，穿林打叶，直抵我们脑海深处。

我们便想着，什么时候去看看那会唱歌的录音机吧，如果可以，顺便也摸一摸那黑油油的马尾辫吧！或者，那腰间……这么胡思乱想的，有一天回家，家里人突然说，那小女孩成了我们的小婶婶，刚刚下过聘礼，许给本家的小叔叔。

这让我们这些孩子如丧考妣。我们想不通那个只知道读书的书呆子，怎么突然春心萌动，谈婚论嫁起来。小小的嫉妒和好奇，让我们几个本家小孩子连续几个周末缠着小叔叔，终于套出个大概。

正是春日时节，小叔叔在村间小道一边背那些拗口的数学公式，一边无目的地走着。迎面而来，就是那个女孩。陌上相逢，两下站住，不免都怔了一下。

春风花草香。小叔叔的眼里全是那女孩在春风里的娇羞面庞。那女孩，不说话，抿了嘴，汗却在额鬓上细细地渗了一层。四目相对，背着猪草筐子的她落荒而逃。那青茵茵的猪草，欢快地跳跃着，从猪草筐子里不停地探头出来，全是女孩子离离的眼神。小叔叔，手捏着一册高中数学书，愣了许久。

"水是眼波横，山是眉峰聚。"小叔叔心眼之中，山山水水几万重。

接下来的事情就显得顺理成章。女孩子父亲早亡，母亲改嫁，跟着个单身老伯父过日子，事事都自己拿得了主意。那次相逢，小小的心思里，该也是心猿意马。等到小叔叔家的媒人上门，也不拿捏，立刻说下聘礼，应允下婚期。如此这般，一个如花女孩，成了我们的上一辈人。

小叔叔那时候是村里唯一的一个高中生，父亲是村支书，家底算是殷实，人生前景正无限光明。顺便着那女孩也在这般巨大的光芒笼罩下，光亮起来。学校离家大概是二三十里的山路，每个周末回来，小叔叔不自主地就往那户人家走去。我们一群小屁孩闹哄哄地跟着他，花果山众泼猴一般。而那女孩，也在女伴前面骄傲得不行，一见小叔叔去却是一句话也没有。在众人的推搡下，两个人无话地在小路上闲逛个半天。

从此之后，两人竟然也不避讳我们，正大光明见面。自然，他们是不用避讳我们！

田间小路边，每个季节都有各自的风景。春天长满了草，小叔叔和女孩便摘一茎"算命草"，两个人各执一端撕开，看草的形状，胡乱地在心里头想着将来是生男孩还是女孩。夏天傍晚，田畔开放的茶花沾了露水，摘一朵放对方嘴边一吮，那甜意又赛过蜜糖。秋草黄时节，则满田垄的烧起火来，名虽为肥田，却是看那璀璨的火花如春花般开放。唯有冬天，忙着准备年节，让他们少了许多见面的机会。

更多的时间，小叔叔在外乡读书，她在村里劳作。春天的时候，拿着小柴刀满山遍野地割草，或者挖猪草。村路上看到我们，抿着嘴笑一笑，算是跟我们这些小辈打招呼。一头乌黑长发，夹杂着离离原上草，逶迤远去。夏天的时候，地上农活最多，她跟着老伯父每天早出晚归，一亩三分地，侍弄不完的姹紫嫣红。得等秋割之后，她慢慢空闲下来，白天或者傍晚，我们从村路上走过，便又可以听到录音机里传出的各种歌曲。甜美、忧伤，一如女孩变来变去的心事。

时令逐渐又到了隆冬，农事既少，村间风又冷，我们便很少在村道上行走。隐隐约约从邻家传来的歌，听着听着，突然变了旋律。

很长一段时间，女孩迷上了越剧。录音机里，咿咿呀呀都是社戏里常常听到的曲子，特别多的是《红楼梦》里一支支的曲子，诸如：

想当初妹妹从江南初来到/宝玉是终日相伴共欢笑/我把那心上的话儿对你讲/心爱的东西凭你挑。

最后，那对白也清清楚楚：

我就是为你死了/也是个屈死的鬼魂冤难告。

又诸如：

落花满地伤春老，冷雨敲窗不成眠/你怕那，人世上风刀和霜剑/到如今，它果然逼你丧九泉！

这样悲伤的曲子放得多了，村人便不免摇头。隐隐起了一些闲言碎语，见了我们过去，便闭了嘴不说，但渐渐地，我们也听了个大概。

说的是，年节后，女孩子一个人到小叔叔家，向未来的公公婆婆讨要说定一年一付的聘礼，却不知道为啥说不拢，准婆婆便撂下几句重话。大体是高攀就不要不知好歹之类的话。女孩子受了委屈回来，打算找个机会说给小叔叔听。小叔叔却因为急着高考复习，然后又听母亲那么几句若有若无的唠叨，一连一段时间都在学校没有回来。女孩子郁郁待在家，哀怨和着身世感叹，结成了一个无处消散的果子，在心底生下根，发了芽，渐渐地，就长成一棵遮蔽甜蜜和欢乐的参天大树。

日子一天天过去，很快就到高考。穷乡僻壤，从来跟这些家国大事不搭边，这一回因了村子里唯一一个高中生而突然关系密切起来。连续一两个月，小叔叔的远大前程都是村人的最大谈资，都在传这回要中状元、放道台了。嘴贱的就说那女孩，估计是要当秦香莲了。

农历五月，端午节的粽香还在村子的土路间飘荡，我们一帮孩子从镇上的集子里回来。经过邻家，就感觉有股隐约的味道在村子上空飘荡，仔细闻，也就是柚花幽香和田野青草的芬芳，然而又毕竟不是。会是什么？我们猜疑着，各自走回家去。

傍晚的时候，突然人声鼎沸，女孩子已经服了农药，死在自家床上。都说服农药的人死状凄惨；那样子是寻生不得，寻死不能，抓得全身不成人样。但那女孩却衣衫端庄，直挺挺躺着，睡着一般。

村人一拨拨去看。每一拨人去看，女孩的老伯父都痛哭流涕，说应该早早就看出来的啊。说是那天一大早，老伯父出门干活，女孩就喊住他，说衣服洗了要自己收，以后要自己照顾自己。还说中午的饭菜会热在锅里的，记得吃。

"以为是要出去玩，哪里知道是寻死啊。"老人家捶胸顿足又哭号起来。

我们几个小孩也去看，第一次进女孩的闺房，阴暗的房间，所有的陈设都是灰暗的色调。靠窗边的老斗橱上，放着一个醒目的录音机，擦得干干净净，旁边叠了整整齐齐的一叠磁带。女孩就躺在斗橱旁边的古旧雕花木床上，蒙着一床草席，就一个轮廓，所有的如花容颜、如花欢笑都藏在席子底下看不见。倒是那黑黝黝的马尾辫，露在席子外边，仿佛是透出来呼吸。

小叔叔隔了几天终于回了一趟村子，在村口叫了一个小孩子进来叫我出去，一句句细致地问了一遍，又细致地问了一遍，怔怔地呆了一阵，居然就那么直接回了学校。

过了好几个月，突然有警察来问小叔叔的踪迹，村人议论纷纷。原来小叔叔根本就没去参加高考，时间都花在什么从北京串联过来的学生运动上。远大前程，全部毁于一旦。

有小年轻听到消息很开心，"陈世美，果然有报应"。这话传到我们耳朵里，我们本家几个大小孩子，有一天在村道上堵住他，恶狠狠盯着，终于吓得他落荒而逃，闭口不敢再说什么陈世美。

女孩过世了许久，下葬的事情也没有个眉目，老伯父拿不出钱，又是外来的姓，没有同宗的可以求助。最后还是小叔叔的父亲，这个老支书出面，约齐村里几个主事人家，大家帮助找一副薄棺材，拉到村子后山上的小松林里草草埋了，说是等有钱，再风光入葬。

四五年后，我进了初中，到了镇上的学校读书。有一阵子，小镇的街头巷尾突然流行起童安格的一首歌：

午夜的收音机/轻轻传来一首歌/那是你我都已熟悉的旋律……

听着听着，突然想起那个生命凝结于十六七岁的女孩来。有一回假期回去，特地绕路经过那片乱葬岗子，远远看一眼，发现松林茂密，松针蔽野，荒草长如马尾辫，哪里还有什么坟莹存在。

交谊舞

小镇这几年，夜生活逐渐精彩。溜冰场、录像厅一家家沿街开放。有一段时间，又突然流行跳交谊舞。我们一帮年轻教师精力充沛，又不愿意去舞厅跟镇里的年轻人沆瀣一气，于是鼓捣着在学校里开舞会。

　　教师们住宿的地方是学校背街的一排二层小楼，苏式建筑，红砖青瓦，方正厚实。楼下是一个小小的庭院，中式围墙跟大操场隔开。院子中间修了个小水池，养着两三条黑红鲤鱼，长着一两株荷花。水池上有小桥，小桥尽处，参天榕树下，就是教师食堂。周末，几个人就轮流跟老厨娘招呼：

　　"老师母，晚上我不在食堂吃了，不用做我的菜。"

　　"老师母，晚上我们要开舞会，都不吃了。"

　　大抵是午饭时候，我们一帮寄宿在学校的年轻教师围坐一桌，提前招呼一声，老师母乐哈哈答应着，收拾完碗筷，进厨房去了。

　　那个时候的老师母，大概六七十岁吧。印象中整天穿着暗色的棉褂，梳着老太太常见的发髻，用个黑色发箍兜住，瘦弱、高挑、清爽，忙前忙后，静悄悄的，浑然没有一般厨娘膘肥体壮声嘶力竭的样子。

　　稍微遗憾的是，老师母说的话我们听得并不很懂。刚刚分配到这所学校，安顿下来，要寄宿吃饭，老师母很热情地过来招呼，拉着手，唠了半天的嗑。我不住点头，却在她无数的发音之中，只能偶尔捕捉到几个跳跃的音节，硬生生猜出个大概，对其他的就是一头雾水。

　　以之求教于老资格的教师们，说老师母是上海人，说的是地道的阿拉上海话，大家都听不懂的。"你就随便点头，应付过去就是了。"大家如此传授经验。

　　腾空出来的小庭院就是舞池。残阳斜照，暮色四合，年轻人用打上来的井水冲洗一遍水泥地，又拿霓虹灯绕庭院布置一圈，拉出个便捷音响来，连上功放机、VCD机，这样小小的舞池就落成了。

夜色不知不觉间到来，霓虹灯闪闪烁烁，节奏感很强的音乐蹦蹦嚓嚓响起来，舞会就开始了。一开始，大家都有些腼腆，张望着，迈不出那一步。陆陆续续就有老师按捺不住，互相招呼着，携手进入舞池。最后，舞池中两两捉对，步伐齐整，沉浸在旋律的世界中去了。其中有个年轻的女老师，最是婀娜多姿，每段音乐一响起来，就马上大声告诉身边的同事说这是慢三或者这是慢四，又或者是快三或者快四，然后带领大家迅速地按照节奏旋转起来。

这样的时候，我们这些初出茅庐的毛孩子，虽然不时有女老师前来邀约，却完全不敢往舞池中迈一步。好在组织者也体谅我们，在大榕树下，放一张八仙桌，摆上水煮毛豆、酱猪耳朵、卤牛杂、猪油渣、炒螺蛳等吃食，再在桌边放一桶井水，浸上啤酒，正好给我们几个围坐着，边看跳舞，边喝酒。夜风从大榕树间沙沙过去，簌簌地落下几片叶子，飘到喝酒的大碗上，飘到盛放小吃的大碟子上，兴致盎然。

热闹时节，老师母忙活完，也会乐呵呵过来看一眼，我们便极力邀她坐下来喝口啤酒一起看跳舞，她每回都极力推脱了，说看不懂跳舞的，喝不来酒的。于是真的就那么看几眼，颤巍巍走回自己在一楼的小房间。

慢慢的，在那个年轻女教师的帮带下，我们也开始在舞池里转上几圈。但在这样粗糙的水泥地面上跳舞，很是费鞋。尖头皮鞋或者高头大靴，其他地方倒也不怕，鞋后跟却很容易被磨去一个角，站着就有根基不稳之感。好在离学校门口不远，就有一个修鞋摊子，守摊的是一个六七十岁的老头，老态龙钟，常常在鞋摊前弯腰摆弄着，远远看去像是跟鞋摊团成了个"a"字。

我们将皮鞋拿过去，老头子看一眼，偶尔会笑着说一句："这个跳舞的姿势不对啊，甩脚啊！你看，磨的总是这一边的鞋底。"对那些熟悉的教师，则说："学校这个水门汀地面，太粗糙不适合跳舞。想当年，那磨石子彩色水门汀，光溜得跟你这发蜡油一样，苍蝇站上去都打滑。"这般显示自己见过世面地打趣几句，将手头活忙好，便开始处理我们的皮鞋。

大抵是花上三五块钱，把皮鞋底的外层整块削掉，然后找块轮胎皮，仔细裁剪打磨好，抹上胶水，用大头针穿线缝上，再将缝隙灌一层胶水，待完全固定住，用锉刀顺鞋沿仔细修剪一番，一个崭新又笨重的鞋底就做好了。

"这鞋底包你磨不坏。"每一回老头子都这么说。果然，这样修过的鞋子，穿到鞋面都变形了，鞋底还是毫发无损。轮胎皮啊，我们又不是重吨位的卡车，哪里磨得破呢？跳起舞么，却很是笨重，于是换双新鞋，又步上旧途。

快三慢三快四慢四之类的舞步，中规中矩，年轻人慢慢就生厌。便有好学者去学了太空舞霹雳舞的来教，但那种鬼畜舞步，没有悟性的我辈，自然学不来。有资格老的教师就闹着让老师母教我们上海交谊舞。

"阿拉都忘了，不会的不会的。"老师母慌张着摆手。

"这怎么会忘啊，你可是当年上海滩百乐门当红的……"有女教师说了一半，硬生生收了话。老师母赧然一笑，默默踅回去。

这让我们很是好奇，但大家都不乐意再提，只好就那般当作忘记了。

"舞低杨柳楼心月，歌尽桃花扇底风。"夏天很快过去。中秋假期，我们几个年轻教师散步回来，看见一个女子坐在院子榕树下，老师母忙前忙后地招呼着，一看见我们，立马招呼我们也去坐下喝茶、吃瓜子，我们推辞了上楼，回头看老师母神采奕奕，像是年轻好几岁。

这女子居然是老师母的干女儿，在学校小宿舍间里跟干妈挤着住一两个晚上，假期结束，该回去了。突然一天下午时分，校长遣人来叫我去做个会议记录，说是这干女儿带着自己丈夫、亲戚到校长室协商事情，留个记录有备无患。

干女儿的来意倒也明确，说老师母年事高了，一直住学校里帮厨不回去，也不是办法。老人家该是颐养天年的时候，自己从小被爸爸、妈妈拉扯大，现在日子好一些，再不孝敬，怕是以后也没机会。希望学校出面，干脆就把老师母辞退回去，这样老人家就不会犟着不走。

一众亲戚纷纷附和，画外音还有旁人的闲言碎语受不了的意思。

热茶喝了几壶，老校长示意我打开记录本认真开始记录，然后不紧不慢开口："老师母在学校帮厨了二三十年了，这资历，比这小伙子年龄都大。"校长指指我，大家一片莫名其妙的附和声。"感情上，我们当然是舍不得老师母回去的，说句不中听的话，哪一天老人家要走了，我们学校的老师，一定是要送最后一程的。但家属的意见也很对，老人家儿孙绕膝，含饴弄孙，更是难得的一种幸福，我们更要支持。"大家又是一片附和之声。

"但是话要说回来，这个事情也不是提了这一两次。大家也是知道缘由的，老师母一辈子都跟她老伴儿分开生活，听说从上海跟你爸爸回来就说定的。老人家认死理，犟得一头牛都拉不回来。学校要是强迫她回去，这于情于理也说不过去啊。"

大家不知道怎么接话，只好接过校长递过的香烟，吞云吐雾，校长室里弥漫着一片互相礼让点烟的声音。

话题跑马一般散出去，拼拼凑凑，就是一个人的浮生若梦。原来老师母当年果然是上海某舞厅的头牌。生逢乱世，兵荒马乱，匆匆嫁给一个常常来捧场的国军少校。没安生几天，淞沪会战打响，挥泪相别，80万国军填沟埋壑，听到耳里的尽是河山寸血玉石俱焚的消息。上海沦陷前夜，小舞女走投无路，恰好遇到在舞厅前面擦皮鞋相熟的乡下小赤佬，于是跟着回到了小镇。两人约好，要收到国军少校确切的死讯，才能谈婚论嫁。谁知道居然从此关山隔阻，再也没有关于国军少校的点滴消息。很多年后，两人在小镇领了个弃婴当女儿，慢慢的，女儿结婚生子，小舞女也成了今日的老师母。

协调会无果而终。老师母或许知道点什么，吃饭时碰到我，拉着手不停客气着。奈何天气渐冷，我们开始每日张罗这最后的舞会，听不懂的吴音侬语过耳也就忘了。

交谊舞大概就那么流行一两年。舞步果然会忘。一起跳舞的人也会忘。经年累月，各自星散，互相忘了容颜。

该有个七八年，突然有人带话来，说老师母过世了，过几日要出殡，很多当年同事都要赶回去，问我是否也回去一趟？心底念着一定一定，却再没人告知准确时日，人生别过没有仪式。老师母，慢慢就定格成学校食堂里忙前忙后，瘦弱、高挑、清爽的那个老太太。

山外来信

有一段时间，又流行集邮。

自己未能免俗，买了几本集邮本，用最蠢笨的方法，一张张从实寄封中收集。这样的爱好，小学校中很快就传了出去，舞会上那个最为活跃的女教师，有一天突然就到宿舍找我。

"我有很多信，邮票可以给你，但信封和信我都想完好保存下来。"她如是说，鼻梁上的几颗雀斑，在阳光中闪耀着。

这自然巴不得，我赶紧答应，约了时间几个人一起去她租住的房间里挑。

果然是很多信，很多很多的信。

房间小，一床，一桌，一柜，一排竹书架。目之所及，都是一摞摞码得整整齐齐的信。书架上自不待言，几十封几十封一起，用彩带扎着，束腰而立，挤满了半面墙。书桌上也一扎扎叠着，快堆到天花板。甚至靠墙角的小床上，也沿墙整齐码着半人高的一摞信。

这铺天盖地的架势完全把我们震住了。女教师热情地指着满屋的信说："这些信上的邮票，你如果看上的，都可以揭走！"那一刻，突然感觉自己就是西方传说中的妖龙，一屁股坐在了堆满金银珠宝的山洞里，喜不自禁。

然而翻了没几捆，就失望起来。这些实寄封的邮票太常见了，大部分都是流通的长城、黄果树瀑布之类的风光邮票，还有就是随处可见的各地民居邮票，偶尔有几张纪念邮票、特种邮票，也都是常见的四大名著之类，乏善可陈。为了不拂女教师的美意，就挑了几张较少见的民居小心地揭，却发现寄信的人许是无比珍视这信吧，涂了极黏的糨糊，根本就揭不下来。

当然也不是没办法，将信封整个浸在水里，待邮票湿透也能小心揭下来，但工序烦琐，得不偿失，也就作罢。

女教师也很是失望，细心将弄乱的一些信整理好，叹气道："这么多信，太占地方了，真不知道怎么办才好。"

怎么会有这么多的信？

女教师说自己原来在乡下完小代课，这些山外来信都是那个时候收到的。那乡下足够远，从小镇出发，得走一个多小时乡间土路，到一个水库。那个建于 20 世纪 50 年代的水库，一到雨季，水从警戒线溢出来，哗啦啦地从泄洪道喷涌而出，惊涛骇浪，气势煞是吓人。库区内湖水清冽，碧波汪洋，拍打着群山裸露于湖边的奇树怪石，形成一片蜿蜒曲折连绵数里的漂亮湖区。学校就在湖的另一头。

有顺路船的时候，花大半个小时穿湖而过，再爬二十来分钟的山路，就到了群山深处的小小学校。若是没有船，绕湖而行，这个行程就需要多上两三个小时，背着从山外带来的油盐酱醋、针头线脑，女教师把肩膀都磨得红肿。

"疼上一两个星期，快好了，然后又得出山了。"女教师说着说着，眼眶就红了。就这样感觉日子过得看不到头的时候，她收到一封信。

那是镇上小学的副校长写来的，寥寥数语，却给她打开了一个崭新的世界。信上说，中央人民广播电台要到边远山区做一个节目，其目的是为尊师重教鼓与呼，为乡村教师鼓与呼。镇里接到这个任务，经过再三考虑，觉得她最为合适，让她稍作准备，等着记者过来采访。

不几日，副校长就领着中央人民广播电台的几个记者入山了。

节目播出之后，女教师一下子成为小镇名人。

报道中的她，窝在灶台前给小孩子们做午饭。烟火缭绕，呛得她咳个没完，脸上细细的雀斑在记者煽情的解说下，充满了坚毅的力量。黄昏时节，女教师背着一捆柴火，顺村道逶迤而上，犬吠呜呜，鸡鸣啾啾。这遥远的小村落，十六七岁瘦弱而坚定的女教师，一下子感动许许多多听众。

成千上万的信，马蜂一般飞到这个边远小镇，把小邮局蜇得千疮百孔焦头烂额。邮局专门抽调精干，成立一个小组，将那些信整理出来，一个星期就送一麻袋上山。最后，终于不胜其烦，干脆专设一个邮政信箱，周末让她自己过来大包小包地扛回去。

镇上三分明月，伊人独占二分。

潮涨潮落，山外来信慢慢消停。没想到一段时间女教师却突然躁动起来，隔三岔五跑到收发室问我，是不是有北京来信？她是民办教师，携新闻聚光灯之荣光，几回想通过招考转为公办教师，却没能成功。政策的时间点一过，这条路就断了。全县清退民办教师的脚步越来越急，前路苍茫，她希望能有一封信将她救出困境。

这未免有病急乱投医之感，却不想快入冬时节，真就等来了一封北京来信。信是用申奥成功的首日封寄出的，落款是中央电视台。精美的首日封我自然爱不释手，将它拿给女教师，就说了一大通首日封收藏的价值，乐呵呵的女教师顺口就说："我读完信，就把这个送你。"

等到女教师送来首日封，那乐呵劲已经消散，一脸愁容，说信没用了，你刚好有用，就送给你了。

原来，在中央人民广播电台采访之后，副校长又带来一拨中央电视台的记者拍纪录片，整个剧组在山村里一待就是几个星期。

那个摄制组说，估计他们这部纪录片拍好，一放映，她就会马上红得发紫。上次河北的一位年龄较大的女教师被他们一拍，后来便成为全国的三八红旗手，还参加了全国人大会议。

但一直就没有下文。之前她也了解过，说是因为学校设在宫庙里头，镜头里看起来神神鬼鬼的，有宣扬封建迷信之嫌，整个片子就这么拖了下来，说等合适的时机再播。

她希望这会是她的救命稻草，全国三八红旗手自然不去想，全国人大更是不敢想，能够帮着把代课转正就谢天谢地了。于是按照当年摄制组留着的地址，写了一封信，问问情况，也顺便说了自己的状况。

在回信中，对方透露纪录片拖了三四年还是播出了一回，时过境迁，没有达到预期的效果。最后，对方说会打电话给县教育局，希望能促成她的事情。

如此而已。

时日越发不如从前，学校里三番五次传达清退临时工的各种文件，女教师终于离开中心校，去小镇周边各处缺编的学校代课。2004 年之后，全县教育系统清退临时工开始进入倒计时。代课教师，在这边远之处，也成为历史名词。听说她也就此离开教育队伍，消失在如潮人海。

一晃多年。广播电台起起落落，都说着要消亡了呢，因为私家车普及，又成为重要媒体。有一天，突然有中央人民广播电台的记者联系副校长，副校长又联系我们这帮老同事，问能否联系上那位女教师？记者从仓库里将老胶片提出来，想做个十多年后的跟踪报道，作为六十年来家国的一个发展侧影献礼国庆。

于是我们一帮人都兴奋起来，想着兴许会是一次转机，辗转打听，才知道几年前，女教师就病逝了，三十五岁，脑癌。

听说临终前，她交代丈夫，要把她一部分骨灰撒在那小山村，或就撒入水库中，得到肯定的答复后，闭了眼。想来这个人生旅途最初的出发地，对她太过刻骨铭心。遗憾的是，最终村里不同意，说没有这个先例，不吉利。撒入水库更是不行，那是饮用水源，一个病死的女人怎么可以！

如此，墓木已拱，一切就此尘埃落定。

卷三：侠矣乎

侠也

整个村子分陈、吴两姓，村西都是陈姓，村东则陈吴两姓杂处。陈姓人丁兴旺，一直都以武炫耀乡里，练武之风也是十分兴盛。

村中有一拳师，是村西的一个大小伙。拳师家便是陈姓人聚集练武的所在，但拳师具体叫什么名字，大家也叫不上来，只是陈师父陈师父地叫上了。

我第一次见到陈师父的时候，陈师父已经在村里的小宫庙里招收弟子。

小小的宫庙，除了社戏或者做法事的时候，大部分时间门可罗雀，杂草在院子中的青石板间肆意生长，青色的苔藓长满了天井屋檐下的一圈台阶。农闲时节，这些习武的弟子从陈师父家腾挪出来，就聚集在庙中的庭院里，听站在古戏台上的陈师父的各种号令。

因为宫庙是属于全村人的，陈师父也就开始招收吴姓的弟子。仿古时候收束脩的习俗，陈师父会收下徒弟们送上的大米、年糕、腊肉之类的充作学费，钱却是分文不取的。

大家一开始练的拳，乡下人都叫作五只。每个人叉开五指，在陈师父的嘿哈声中，整齐地跺脚，然后"嘿"地大吼一声推出右掌。之后，又在陈师父的嘿哈声中，整齐地跺脚，"哈"地大吼一声推出左掌。二三十个壮小伙一起跺脚和叫喊，震得古戏台上描龙画凤的藻井似乎都摇晃起来。每个身处其中的人，在这样的叫喊声中，大汗淋漓，志得意满，感觉给一双翅膀就能飞起来一般。

　　这样练上一段时间，陈师父便把大家分开，各自在院子里举各种各样的石臼啊、石磨啊什么的。最弱的，陈师父就分配着在院子里将浑圆的大石块搬来搬去。陈师父也会穿梭在弟子们中间，偶尔接过弟子们举着的石磨，扎一个马步，轻松地一翻手腕，就举到了头顶。大家喝一声彩，更是心悦诚服。

　　那个时候电影《少林寺》正风靡四乡八岭，陈师父就特别推崇从扎马步、挑水开始的循序渐进的练武之法。练了很久的气力基本功后，有少数几个人终于有资格练综合格斗之法了。南拳路数，讲究的是就地取材，但凡随处可见的木棍、板凳、柴锤之类，顺手抄来，就有一套技法，挥舞起来虎虎生威，几个人都近不了身。在这些技法之中，陈师父特别强调的就是要快。他对着那几个得意的门生比画道："天下武功，无坚不摧，唯快不破。"然后捏个空拳，啪啪啪雨点一般打到徒弟身上。

　　陈师父出手之快，是出了名的。

　　话说乡场中有一痞子，有一年，跟黑恶势力团伙闹了纠纷，被人痛揍一番。第二日一早他突然福至心田，也学当年乡场中一个前辈，单枪匹马，将那伙混混堵在了到小镇的必经之地上，赤膊的他，腰后插两把大板斧，叫骂了一个上午，没有一个混混敢来应战。自此也是一战成名，被称为拼命三郎，威名远扬。

这拼命三郎借着这股恶气，纵横四乡，但凡有看个不顺眼的，张口就骂，举手就打，人人避之如瘟神。有一回，经过村子附近，不知道什么原因，将村里的一对小夫妻堵在溪滩上行各种辱骂、猥亵之恶行。有村民看到，急急跑到陈师父忙活的田头报信。陈师父一听，甩下手头正在做的农活，疾步赶去。

那拼命三郎自然知道陈师父的名头，但占着自己的拼命劲，并不把陈师父放在眼里，看陈师父近前，放下按着这对可怜小夫妻脑袋的双手，站起来哈哈一笑，说："你就是……"话音未落，陈师父已经一脚飞踹过去，直接将拼命三郎踢出一米多远，坠到溪滩的乱石头堆中去了。之后再不等拼命三郎起身，蹿步上行，沙包样大的拳头噼噼啪啪铁锤子般全落在他头上。

"那混蛋大声号叫着爬起来，抓了块大石头就要砸。陈师父没等他出手，一个大扁脚扇在头上，直接将那流氓踢倒在地，然后一脚踩着那混蛋胸口，叫我们上去，照着刚才怎么打我们的，就怎么打回去。"被解救出来的小两口鼻青脸肿，却掩饰不住兴奋，手舞足蹈。"我拿起一块大石头，狠狠地砸在他裤裆里，那一声号叫听起来真是解气。"

陈师父后来每每说起来，也是掩饰不住得意。"那小子练了很多年的南拳，很有几分力气。我赢就赢在出手快，一步快步步快。要打架了还叽叽歪歪问七问八，又不是演戏。"陈师父喝口水或者酒，继续说道，"难道还要大声问一句，哒！来将何人，报上名来！"听者哈哈大笑，更坚定了出手要快的准则。

陈师父这样教了几年徒弟。慢慢的，拳脚的时代就要过去了。有村民外出到矿山挖煤一年，回来就带了几万块。年轻人从此人心惶惶，再也没有什么心思下地干活，更不用提聚拢起来练武了。村民们闲谈里头，全是谁谁赚了多少钱。又说到拼命三郎也去矿山打工了，前段时间回来，走路又是斜着了。

陈师父的小庙习武场终于慢慢没了人，木制大门被风吹得咔咔响，门上的大铜环，碰得哐当哐当的，越发显得空空荡荡寂寥无趣。

陈师父在村里待不住，成天在村道上走着，见了人来，唉声叹气一番。这么一些日子过去，终于有徒弟托人捎口信来，说在矿山找了个保安队长的工作给他，让他赶紧过去。那几日，陈师父突然就鲜活起来，在村里小店盘踞到夜深。喝一两劣质烧酒，剥两粒花生米，吃得唾沫星子满嘴，逢人就夸这个捎信给他的徒弟有良心。

那也是我最后一次见到陈师父。

后来听说，陈师父终于没能到矿山。听说陈师父一个人坐火车出去，言语不通，在车上跟一群人起了争执。听说车到了鹰潭还是哪里，那伙人到了站，要陈师父下车理论，于是他就跟了下去。听说那伙人，个个都是拼命三郎，拿着长刀短棍，怎么也打不退，最后终于将陈师父打翻在地。

过了快一年吧，大家慢慢都忘了陈师父。有一天，村口突然有警车呜呜地响，来了两个警察，村里老老少少围上去一大堆人，才知道警察是送陈师父的骨灰来的。人越聚越多，甚至起了争执，我们也终于知道，陈师父家里并没有亲人，骨灰谁来领取，怎么处置都是棘手的问题。最后老人们出来商议了半天，决定先由陈姓族人收过来，安置在陈师父旧家的厅堂上。至于要不要安葬，也没人能给个准信。

又过了一些年，陈师父的旧家屋颓梁坏，那骨灰，也终于不知道哪里去了。一代宗师，终于什么痕迹也没留下来。

盗也

从村口的宫庙往村尾走，还不到陈师父的家，就是村口的那家小店。因为卖些针头线脑、瓜子花生、油盐酱醋、白酒红糖，偶尔也会卤几味小食，慢慢地就成了村人最爱聚集的所在。

到小店来，买针头线脑者有之，买柴米油盐者有之，当然，也就有对坐沽酒者和围坐不去临渊羡鱼者。

沽酒对饮的人中间，有一位外姓人，住村中，姓黄，到小店来很是阔绰。一出手，就会打上一两斤的白酒，围观者人人有份儿，一人一碗酒，喝得热火朝天，喜气洋洋。连我们这些看热闹的小孩，也会分到一大捧带壳花生，吃得津津有味。

于是我们很盼望这个外姓人来小店，每次出现，就有腿快的小伙伴沿着村间土路飞奔而来告知。这样，我们气喘吁吁地赶到，刚刚可以赶上从外姓人手上分到一捧花生。但这个外姓人来的次数并不多，偶尔一见，也神龙见首不见尾，三碗酒落肚，飘然远去了。久而久之，我们这些孩子就呼之为"小黄龙"。

和我们这些小孩子有奶便是娘的崇拜样不同，那些分碗喝酒的大人，却是拿起碗来当面喝酒，放下碗来背后骂娘的主。慢慢的，我们也就知道，这个来去匆匆的"小黄龙"，却游手好闲，做的是顺手牵羊梁上君子的勾当。至于会顺哪些东西，大家则语焉不详，好在盗亦有道，他秉承着兔子不吃窝边草信条，村里并没有人因此损失什么，这酒喝起来，也就依旧和和气气春风满堂。

很快就过年了，劳碌一年，共度年关，小店里天天就聚集了一大拨人，喝酒、打牌，吵吵闹闹，香烟缭绕，整个村子都被这些吆喝声笼罩着。大人们聚集太多，我们这些小孩也就不怎么过去，偶尔路过，都可以看到"小黄龙"浸在其间，吆三喝四，大手花钱，大口喝酒，志得意满。

有一天晚上，突然就听到村口方向人声鼎沸，不一会儿就发现很多年轻人夺路狂奔，从我们村尾跑过，拼命地散到村边的溪滩上去了。过了不多久，又听到有人大声喊着："好了，好了，都抓起来了。大家回来。"然后又听到咚咚咚的脚步声，那些年轻人哗啦啦又从门前跑回去村口了。

这样的热闹，我们自然按捺不住，跟着人群往村口小店就跑。还没到店口，叫骂声、打闹声铺天盖地而来，把村道两旁的竹林都震得瑟瑟发抖。入得店门，发现店口的小柜台已经被打翻在地，那些好吃的瓜子啊、花生啊、茴香豆啊、炒米糕啊撒了一地，无数双脚咯嚓咯嚓地踩上去，每一声响都听得人心头一颤。

"这些黑皮狗居然拿电棍打我们。""小黄龙"站在公安们前面，手舞足蹈，说得兴起，"来抓赌，你们好歹多几个人啊！就这么几个人就想包围我们！也不问问我是谁！我呸！"伸手就扇了跪着的公安一个耳光。

这，让我们这些小孩吃惊得下巴都要掉下来了。正要继续听个究竟，门口传来了一片苍老的叫骂。"你们屎吃多了啊，人民公安都敢打！"村里的老人们来了，边进门就边朝着围观的小年轻破口大骂。看到我们十几个小孩也在，一下子就拉下脸来，骂道："还不滚回家去。"虽然一万个不愿意，我们还是只好一步三回头悻悻地回去了。

一夜辗转反侧。

第二日一早，我们赶到小店，不多久就在众口纷纭中知道了事情的来龙去脉。

原来那些公安是过来抓聚众赌博的。小店里的年轻人正三块五块赌得欢快的时候，三五个公安突然就破门而入，人人手上一根电棍，大喊一声："都给我蹲下。"整个小店一下子鸦雀无声。

有机灵的年轻人反应过来，趁着这个安静的空当夺门而逃，三五公安一下子应付不过来，眼睁睁地看着跑了大半，一着急边大喊着，边就把手上的电棍向人群中挥舞过去，啪啪就击倒了几个，剩下的噤若寒蝉，动都不敢动，乖乖听指令蹲下了。这时候，开店的老女人站起来说，自己是开店的没参加赌博。话音未落，一个公安拿着电棍就抢过来，"啪"地把老女人电得惨叫一声摔倒在地。这让蹲在旁边的"小黄龙"气得哆嗦，站起来说道："你们怎么对老人这样下手？"哪里轮得到他说话，两个公安围过来，将电棍按得噼啪作响，双双就捅了过来。

诡异的事情就此发生了。"小黄龙"双手抓住电棍，大喝一声，居然将通了电的两根电棍赤手夺了过来，倒转过把手，顺手就往两个公安头上狠狠击打下去。所有的人都蒙了，想不通这个年轻人怎么不怕电。"小黄龙"已经按起电棍，"噼噼啪啪"把三五个公安全部撂翻在地。见得这种情况，村里年轻人发一声喊，蜂拥而上，拳脚交加，打得公安嗷嗷直叫，跪地求饶。

事情最后的发展在老人们的坚持下，特别不痛快淋漓。二十几个精壮小伙团团围住瑟瑟发抖的三五公安，最终却被老人们臭骂着赔了不是。恢复了元气的公安答应了事后不再追究，喝了一阵酒水，由村里德高望重的两个老人护送，叫了一辆三轮卡，连夜就回镇里的派出所去了。

接下来有那么一段时间，"小黄龙"在小店里被大家簇拥着，听他唾沫星子横飞地说自己不怕电棍的故事。说是有一回几个人摸进一个厂房，出来的时候，被门卫发现，几个人围过来，用电棍将他的伙伴都电翻在地，最后电棍捅到他身上的时候，居然毫无感觉。大家错愕之间，他夺路而逃，平安回到村里。

"但这种事，也不知道能不能久，又不敢随便试，这一次没想到居然就把几个黑皮狗给干了。""小黄龙"志得意满，痛快地跟围观者干了一碗酒，抹抹嘴继续说，"我最见不得对老人、妇女动手，这些黑皮狗，居然敢在我前面放肆，下次见一次打一次。"听得大家纷纷喝彩。

大概过了不到两个星期，有一天我们刚刚放学回村。突然听得村口鬼哭狼嚎，又有很多年轻人大喊大叫着从村尾跑出去了。我们正在诧异，家里的大人冲出来，对着我们喊道："快跑快跑，去姐姐家，晚上不要回来了。"吓得我们撒腿就跑出去了。

连续几个夜晚，我们都待在邻村姐姐家里，不敢上学，不敢回家，听到的消息也越来越不好。说是当天很多武警把村子包围了，见到年轻人就抓。一些被带到镇上派出所的都被暴打一顿，要家里人想方设法花钱才保出来。派出所放出话来，要把全村所有的年轻人都抓进去，看看到底是谁吃了豹子胆动手打公安的，查出来就要枪毙。如此云云，让人胆战心惊。

也是怕我们不知轻重，姐夫将家里闲置的录像机安装起来，租了很多的录像带给我们看。正是港片的黄金时代，很长一段时间里头，我们五六个孩子一到晚上就窝在地板上，盖着厚厚的大棉被，看那些大侠在天上飞来飞去，看那些大佬在江湖中杀来杀去，看那些僵尸在古宅里蹦来蹦去，突然希望这样被追捕的日子越长越好。

事情就这么拖了许多年，武警是没有再到村里抓人了，但隔三岔五会有公安拿着本子到村里来问一些人的下落。"小黄龙"一直没被抓到，父亲在外承包工地的时候，他曾经来打过工，没干多久，就用板车将隔壁工地的水泥偷了大几包到镇里去卖，事发后，对方上门兴师问罪，父亲赔了许多不是，对方依旧不依不饶。父亲最后只好给"小黄龙"结了工资，多给了些路费，让他出去避避风头。自此之后，我终于也就没有再见过"小黄龙"。

武也

从村尾出发，是一大片的溪滩。常年河水涨涨消消，让溪滩分出两片颜色分明的区块。一片是光滑洁白的鹅卵石河滩，雨季大水肆虐，旱季又留不住一点的水。一片是靠近村子的褐色河滩，荆棘、杂草丛生，夏季蟋蟀四处鸣唱，冬季觅食的野兔从草丛中突然蹿出，吓你一跳后，又飞快地躲到另一片杂草丛中去了。

从这大片的河滩横穿而过，就是掩藏在茂林修竹中的堂姐姐住的邻村了。那段被追捕的日子，我们每天一吃完晚饭，一抹嘴，跟院子里的小伙伴们会合，朝屋内的大人大声喊一声，就一群兔子一般，嗖嗖嗖地往堂姐姐家蹿去了。

堂姐夫家里的录像机终于就这样派上了用场。一开始担心我们不会操作录像机，堂姐夫会放进一个录像带之后，出去忙活一阵，估摸着时间差不多，再回来帮我们换带。后来发现我们自己已经能够熟练操作了，也就租了一大堆录像带堆在电视机旁，管自己忙去了。数着天数猜着我们差不多快看完了，再到镇里租一大堆回来。

这个时候的录像片，大抵都是打打杀杀的内容。有的时候是一群人拿着刀打打杀杀，有的时候是一群人拿着枪打打杀杀，有的时候是一群人赤手空拳继续打打杀杀。看得多了，我们在上下学路上也就学着比画起来，噼丘噼丘地大声配着音，拿到什么就互相招呼上了。小小的心思里，最大的愿望就是有一天机缘凑巧，学得一身本领，飞檐走壁，于万军之中取上将首级，如囊中探物。

"十步杀一人，千里不留行。事了拂衣去，深藏身与名。"

这正是少年时候我们的理想生活写照。

同伴之中，有一小弟弟，是邻家一外来子弟，在我们一群人中年龄最小，每每考试的时候，稳坐班级倒数一二，素来被我们嘲笑。

自从一起带到堂姐夫家看了这些武打片之后，终于也成了好伙伴，无话不谈。录像看多了，小弟弟突然找到了兴趣点，每日就琢磨着去少林寺学武。

这自然是不可能的事。于是，他就琢磨着要自学成才。那段时日，我们之中也有堂兄弟正在家中练武。他也有样学样，找了几个编织袋，装上实实的沙子，自家院子没有歪脖子树，就在两棵笔直的大桉树中横绑一根木棍，再将沙袋绑上，也整了个练武场出来。一回家别人是做作业，他扔了书包就钻到小小的练武场嘿嘿哈哈地练起来。不到几个月，小弟弟居然就两个拳头全是老茧，两只胳膊全是肌肉，俨然成了我们之中的后起之秀。

堂兄弟家的石磨杠铃被伯伯锯断后，那两个石磨不知道什么时候，也被小弟弟搬回自家院子，照葫芦画瓢，练起了杠铃。

这边厢血气方刚激情四射，那边厢风雨飘摇黑云压城，成绩越来越差的小弟弟，终于把家里的老爷子惹急了。终于有一天，趁着我们去上学的时候，老爷子拿着剪刀直接将几个编织袋捅得稀巴烂，又拿着柴刀细心地将木棍从中砍断。更过分的是，居然把石磨也砸裂了。待得小弟弟放学回家要苦练的时候，满地黄沙堆积，两块石磨碎成数块，张着黑乎乎的口子仰天长啸，树上几条绑沙袋的绳子，在寒风中微微抖动，哪里还有什么练武场存在？

大哭一场后的小弟弟并没有被困难打倒。不久，央求着堂兄弟将不用的小沙袋送他，也开始练起了轻功。然而，时日不久，小弟弟的学武之路又遇到了挫折。有一天，他妈妈在洗衣服的时候，发现这家伙的裤脚都磨破了，追问之下知道原委，顺手抄起一根扁担就将他在村道上追了好几个来回。可怜他一身自诩的武艺，毫无施展之地，被扁担揍得四处逃窜、鬼哭狼嚎。那一顿海扁之后，沙袋也就不再提起了。

转眼几年过去了。当年一起看录像带的几个小伙伴，有的读书，有的打工，有的学艺，四处云消散。小弟弟学理发嫌脏，学裁缝嫌娘，学泥水匠嫌累，兜兜转转，心里的英雄梦依旧在，最后回到村里，依旧有事没事搬大石头练手力。偶尔回家跟他碰到，谈起少年时候的练武故事，不免骂道："这十年如果一直这么练着，老子已经能飞檐走壁了。"眉宇之间，豪气依稀可见。

这样又是一两年。有一次回家，家里人突然说邻家小弟弟因为拦路打劫被公安通缉了，也不知道跑哪里去了。"练武练武，脑子都练成糨糊了。"家里人叹息着，不屑地摇着头。

我听了大吃一惊，又问不出端倪，事情就这么吊着。等了几个月，快过年了，小弟弟偷偷摸回家来，不敢在家里过夜，就躲到我们家里来住，我也就终于问出了事情的经过。

说起来，居然跟早年的乡场小混混，那个被陈师父教训过的拼命三郎有关。

拼命三郎在矿山混了几年，居然买了辆桑塔纳，每次开出来，招摇过市，道路以目，一时风光无两。似乎为了报复当年的胯下之辱，经过我们几个村子的时候，更是喇叭按得山响，叭叭叭地呼啸而来，又烟尘滚滚地呼啸而去，一副欠人扁的德性。

小弟弟虽没正经学过武，但少年时打下的根基在，身体条件也好，那几年没有其他事，又举举大石头什么的，一身横练肌肉，精精壮壮，看到这小瘪三耀武扬威，自然就多留了个心眼。

也是合着要出事。有一个月夜，小弟弟跟几个年轻人在溪滩散步，远远就看到那黑色大桑塔纳停在土路尽头，仔细听还传来女孩子的尖叫呼救声。小弟弟几个人一听这还了得，一人拿一块大石头就冲了过去。

一到车子旁边，果然看到拼命三郎正对着一个姑娘动手动脚，那姑娘的衣服都被扯破了，大声叫喊着，照小弟弟的说法是花容失色。

小弟弟率先就一石头砸到前挡风玻璃上，把车里的拼命三郎吓得大叫起来，看到车外围了三五个小年轻，大怒着开门出来，正要破口大骂，早被小弟弟当胸一拳打得趴下。一则猝不及防，二则也是长江后浪推前浪，哪里有拼命三郎还手的机会。三五个人围上去，拳打脚踢，真是不亦快哉。

小弟弟打累了，抬头一看，发现车里的那姑娘早就吓傻了，一个劲儿地在发抖，一句话都说不出来。小弟弟见状，冲她大喊道："你还不赶快回去!"姑娘马上开了车门落荒而逃。

人也打够了，车窗也都砸完了。哥儿几个把拼命三郎架起来，痛骂了一顿，最后为了补偿姑娘的损失，让拼命三郎把口袋里的钱都交了出来，放他开了那辆破车回去了。

"这么一个开小车的家伙，所有的钱掏出来就三十几块!!还好意思报警说被我们拦路打劫。"小弟弟说得咬牙切齿。

那个年没过完，小弟弟终于还是被公安从家里抓走了。老父母带了礼去那个姑娘家说情，想让她出面证明不是拦路打劫，结果到对方村里一问，那姑娘居然是拼命三郎的未婚妻！

正是第二次全国"严打"开展得如火如荼时候，这样的案子没有什么可说的，很快就判了刑。公审大会就在镇里的小学校操场举行，我们都赶过去看。操场的台子上，荷枪实弹的武警黑压压站了一圈，底下的看客也黑压压站了一圈。小弟弟低着头，鹤立鸡群的站在一堆犯人中间，后背插着一块白色木牌子，写着触目惊心的三个血红大字："抢劫犯"。我们想听到点什么，麦克风一下子"叽"尖叫一声，整个闹哄哄也听不清楚什么，很快小弟弟就被押下去了。

说是判了多少多少年。反正，从此之后，小弟弟就再也没见到。

那个英雄梦，就此碎了。

卷四：山海经

山魈

竹林深处，是一座老厝。典型的闽南风格，正面的中堂没有大门，迎面就是一个乌木香案，摆着几个暗红色牌位，常年香火缭绕，将厅堂四处熏得铁青。两侧厢房，用黑黝黝的门板隔开，是几个前后相隔的房间。这村里数得上号的老房子，住着是一户姓宋的人家。

宋家出美女，老宋头一口气生了六个女儿，慢慢的都长成婀娜的姑娘。入夜时分，我们这些小孩，就特别喜欢跟着村里的半大小伙儿，去老宋家玩闹。这么闹哄哄过了几年，几个女娃子纷纷嫁了人。剩下一个十五六的女孩带着五六岁的小妹妹，跟父母住在黑黝黝竹林深处的黑黝黝房子里的厢房中，小伙子们终于也就不再过去。倒是女孩子白日里常常牵着家里的大水牛放牧，跟我们这些放牛娃打成一片。

有一天，突然就传来那个十五六的女孩被山魈给缠身的消息。

村子后边是一片青山，望之不高，攀之则连绵不绝。山脚下是一大片梯田，靠着半山腰修建的小水库灌溉，倒也是四时稼禾毕备，养育着村里几十户人家。既是村人身家所系，夏日分田水就成了家家户户的首要任务。沿小水库一条盘山而下的小水渠，按照梯度依次设置开口，沿渠的农田顺次灌溉，算着时间差不多，下一人家就去将上户人家田里豁口堵住，打开自家田地豁口灌溉。约定时序，互不相欺，每一日倒也家家水田盈满。这一次轮到老宋家时已是午夜，月夜之中，前去分水的女孩，就在这大片梯田间被山魈缠住。

女孩子是第二天一早被人发现的。一夜未归的她，站在半山腰一块突兀的大岩石顶上披头散发大喊大叫，既下不来，村人也上不去。我们一村的人都被吆喝着赶过去，在小水库陡峭的坝沿站了一大圈，高声喊着女孩子的名字，让她不要掉下来。

大家都想不出什么办法，七嘴八舌的人群中，更多人关心的是这么陡峭的大岩石，一个女孩子半夜三更是怎么爬上去的？最后有长者说，不会是被山魈给附身了吧！话音一落，人群突然寂静，我们几个孩子心底已经嘶嘶地冒起凉意。

村人口中的山魈，我们已经无数次在恐怖故事中听闻。近于猿猴，善于幻化成人形，来去无影，每在黄昏时节，喜欢遁入村人家中盗取食物。若被识破，则立即附体上身，对主人捉弄一番，呼啸而去。更可怕的是，山魈性情捉摸不定，一言不合，灾异即来。

据说邻村祖上就有一老人，经常有山魈入户盗食，老人也不闻不问，每日里只在厨房钵箩之中多备些南瓜、番薯、洋芋之类，悬于灶上备其取用。长年累月，家里慢慢就有一些异象。先是房梁上突然掉一把铜子下来，而后家中泥地上又平白多一些细碎银两，更甚者整匣首饰现于壁橱之中。大家听闻自然不信，待老人将横财搁置在八仙桌上，诧异信服更兼艳羡。山魈投桃报李，老人坐享清福的事就这么四处传开了。

却是合着有事。有一日老人在家中会远道而来的老友，几杯酒入肚，跟人就起了争执。打斗之中，那山魈突然出现，从梁上飞下一把菜刀，将来客首级削下，"砰"一声滚落地上。这一下，老人傻眼了，顾不得山魈是在为自己助阵，哭天抢地，跌足大骂。阴影之中，就觉得脸颊一紧，屋内再没有声响。等到屋外听到大动静的人们夺门而入，发现地上是远客身首异处的尸体，老人则脸颊几道长长的指印，倒在了血泊之中。众人一片慌乱，许久方弄醒老人，那老人见得此番景象，又捶头顿足大哭一场。

哭述之中，村人认定是山魈作祟。报了官，不几日官府却治了老人分赃不均，劫杀同伙的重罪，秋后问了斩。大家摇头叹息，对山魈更是恐惧有加。但自此之后，说来也是怪事，那山魈就再不曾在四村八邻出现。转眼几代人，这一回，突然将这小女孩掳到岩顶，不知道又会带来什么？

既然料准是山魈，村民们商议许久，不得其法。有人提议请法师来，听说法师有一种"天心正法"可以灭了山魈。立马有人反对，说一时三刻哪里找法师，要是激怒了山魈，整个村子怕是后患无穷。如是争执许久，最后由老人们出面，在山岩底下当场备下香烛瓜果，跪拜祭祀一番。一切妥当，才选两个精壮小伙捆着大麻绳攀了上去，再将这女孩子粽子一般捆了，一截一截慢慢降落下来。

女孩子被架回来后，连续几天大喊大叫，高烧不退。那黑黝黝的老厝，因为这件事，每个晚上都门庭若市。很多人围在小女孩床前，一边一遍地跟老宋头说着山魈附体的凶险，一边用粗糙的大手摸一下女孩光洁的额头，说着好烫好烫，再用粗糙的大手摸一下女孩光洁的额头，心得意满地踱出门去。

我们一群娃因着放牛之谊，更是每日都待在女孩子的房间里。人群来来去去，我们满心念着的是，那附体的山魈何时从女孩身体中出来？我们几个人商议，如果山魈突然冒出来，就扑到床上，大家抱成一团，人多势众，料山魈也奈何不了我们。老虎吃天，无从下口，这个真理是颠扑不灭的。几日下来，山魈却不得见，女孩子的病终是渐渐好了。

不几日，女孩子又牵着她家的大水牛，到半山腰的一片水草地里放牧。我们趁着共同放牛的时机，追问女孩子山魈附体的前因后果。女孩也说不出个所以然来，只说当夜轮到他们家分田水时很迟了，她一个人到了田头，水田在月光下明晃晃，倒映着山的影，树的影，山风呼呼叫着，群影乱舞，看起来全像是妖怪。还没挖两锄头，就听到身后窸窸窣窣的响声传来，越来越急，越来越近，都可以听得到水花溅起来的声音，吓得她大叫一声，扔了锄头，没命地往高处跑，手脚并用，就上了那块半山的大岩石。

"那看到身后山魈的样子了么？"我们不死心，"青面獠牙，毛茸茸的一大坨？"

女孩子沉吟半天，最终还是摇摇头。

被山魈附过体，村人对女孩子的闲话渐渐多起来。除了我们这些一起放牛的小伙伴，女孩子看到村人就躲得远远的。不几月，就听说老宋头给她找了个外地小伙子当上门女婿，婚期就在年前。

大事当前，女孩子很是恐慌，一碰到我们就问怎么办才好。她说自己年纪还小，一点都不想结婚。我们这些半大小子听了，都义愤填膺，纷纷出主意。

"逃婚！"我们说。

"能去哪里啊？再说出去靠什么养活自己啊？"

无解。

"劝你爸爸再等几年！"我们说。

"都哭过闹过了，说是再不嫁就没人要了。"

无解。

"那就把那个外地人抓过来打一顿，打得他知难而退！"我们说。

"他很壮的，你们打不过。"

还是无解。

"这个时候，山魈去哪里了啊？求山魈来作个祟就好了。"我们这么说。女孩子张着嘴，露出雪白的牙齿，脸上五官慢慢凝成一处，发了半天呆，最后赶着大水牛回家了。

年节很快来临。女孩结婚那天，老宋家在老厝前面的小院子里摆了几桌，我们赶过去，想着只要女孩给个暗示，就劫花轿抢亲。结果只看到女孩红锦高髻，光鲜靓丽地站在那个高大的外地小伙身边，一副小鸟依人模样。一会儿给李家递根烟，一会儿给张家抓把瓜子，迎来送往，嘴都笑得合不拢，雪白的牙齿一闪一闪，在阳光下明晃晃耀人的眼。我们围观一阵子，什么暗示都没得到，更不见女孩和她家里人来招呼，觉得甚是愤慨，悻悻然散了。

从此萧郎是路人。

女孩子很快就跟着丈夫外出打工，不几年，生了好几个娃。逢年过节回到老厝，五六个姐妹，拖家带口几十号人，满院子都是晃悠悠的小屁孩，叠床架屋，喧闹震天。那山魈，在这样的强大声势下，终于没有闹出什么动静，想来，该也是悻悻然逃走了吧。

鬼打墙

乡村冬夜，差不多七八点就算是夜深。吃罢晚饭，沿竹林小径随处串下门，夜色就浓如墨，沾衣欲湿，随寒气一起扑进人家。得等烛火晃上好几晃，那墨色才渐渐退出屋外，室内方恢复亮堂。

有个深夜，几个堂兄弟窝在阁楼大被窝中正要入睡，突然门口冲进两个人，寒气逼人，一片黑暗。好不容易在烛火摇晃中看清楚相貌，却原来是村西许家两兄弟。进门就大声叫嚷着让我们起来："我家婶婶走没了，赶紧起来帮忙四处找一找。"也不等我们几个起床，又风风火火蹿出去，到别家叫嚷了。

许家两兄弟有一叔叔，打了半辈子光棍，小半年前，不知道从哪里找了个小媳妇，也就十六七岁光景，黑瘦黑瘦的，关在家里，见人就躲。年前逐渐不哭不闹，于是在家里摆了两桌酒，算是正式成了许家兄弟的婶婶。有说有笑地过了年，都以为是安心过日子了，没想到又闹这么一出。

我们不情愿地从暖烘烘的被窝爬起来，很快跟十几个半大小伙聚齐，拿着难得一用的手电筒，跟着打头的许家兄弟，深一脚浅一脚在竹林深处寻找起来。

大家边走边听许家兄弟介绍来龙去脉。说是傍晚叔叔从外边做粗工回家，喝了半斤老酒，临睡前不知怎么就吵起来。他们在外厢听到婶婶那外地话，噼里啪啦叫着，不久续之以叔叔的打骂，婶婶的哭喊。这么闹腾许久，深夜里，叔叔醒来，就发现婶婶人不见了。

　　"叔叔几个大人已经叫了老刘家的拖拉机往镇上找去了。"许家兄弟因为这独一无二的事件，成了一群人中的头领，开始指挥起来，"大家都注意看竹簏底下，还有土堆旁边，这些地方最容易躲人了。"

　　村里的竹林被我们用手电光来来回回梳理了好几遍，虽则呵气成冰，但寒意却渐渐消退。许家兄弟简直兴奋莫名，最后居然说要再扩大搜索范围，往镇上方向再走几里地。我们几个堂兄弟却觉得跟着这平时小跟班一般的许家兄弟瞎跑，煞是掉价，决定不找，争执一番，不欢而散。

　　睡下就听得寒风在竹林呼啸而过的声音，隐隐又听到拖拉机哒哒哒的声音，又似乎有人群欢呼的声音，狗叫的声音，鸡笼里老母鸡被吵醒的咯咯声，猪圈里老母猪不耐烦的哼哼声，这样挣扎着胡乱听上一阵，睡意骤起，终归于混沌。

　　第二天一早，大家都跑去打探消息，发现老许家已经站满了面红耳赤的大人。他们跺着脚，唾沫星子乱飞，乐哈哈的，说还是祖宗保佑，让这小媳妇遇到鬼打墙，送回来了。然后大家莫名开心起来，互相传递着口水滴答的水烟筒，吧嗒吧嗒抽着，一屋子乌烟瘴气。

　　鬼打墙？我们听不出名堂，只好去问院子里顾自踢着霜冻土，对我们不屑一顾的许家兄弟。在动之以情，晓之以我们堂兄弟人多势众之理后，终于撬开了他们的嘴巴。

原来从村里跑出去不久，许家婶婶就迷了路，怎么也没办法从竹林里走出去。明明前面看起来有一丝光亮，深一脚浅一脚走了许久，发现还是走回到原来的地方。这样越走越慌，越慌就越走不出去，一开始是躲着人声在跑，后来听到人声就凑上去。终于听到路上拖拉机的声响，借着透过层层竹林的车灯，许家婶婶跌跌撞撞冲到土路中间，拦下了正着急上火的一车人。

"这就是撞见了鬼打墙！"许家兄弟说得煞有介事。

冬日无事。那一段时间，大家有事没事都聚到老许家。我们小孩跟婆娘们围坐听许家婶婶用着不知道什么腔调的普通话，讲述自己遭遇鬼打墙的故事，神乎其神。婆娘们也不断补充着四乡八邻的传闻故事，大家伙热火朝天，顷刻间成了无话不谈的知心人。

"鬼打墙是好心的鬼在帮忙呢！"有婆娘说道，"前面如果有恶鬼出现了，好心的鬼就会帮那些修善的人，或者那些阳气足的人，在各个路口设立路闸，这人啊，就怎么也走不出去了。等前方的恶鬼走了，或者有其他人来帮忙了，这鬼打墙自然就收走了。"

"是的是的，就是这样的。"许家婶婶已经是鬼打墙专家，点头表示认可，"我在老家，出门担水那是连一只蚂蚁都不敢踩死的。"

"前年啊，前村老赵家的小媳妇，跟家里人吵架了半夜往镇上跑，就碰到了恶鬼。没有鬼打墙帮忙，最后人就没了。"有婆娘说道。

"怎么没的?"我们这些小屁孩忍不住插嘴。

"小孩子问那么多干吗！"婆娘骂了一句，转身说，"邻村那个池塘知道吗，每年夏天都会死一个人。这人落水死了，就成了水鬼，一定得找个替死鬼，他才能投胎转世。于是，水鬼就会坐在池塘边，变幻成人形，等夜行落单的人路过，骗他们到水里去当替死鬼。"

"那老赵家的小媳妇也是可怜。外乡人，明媒正娶过来，好几年肚子都没一点变化。老公骂，公公婆婆嫌弃，人就落了势。这落势的人啊，哭丧着脸，说话没声息，走路没声息，阳气不足，水鬼就容易骗上手。"

"是啊是啊，我也见过那水鬼啊，长得跟老赵家媳妇差不多，白衣白裤，披头散发，坐在池塘边哭个不停。看见我过去，还站了起来，想骗我去当替死鬼。幸亏我跑得快，第二天就听说老赵家媳妇淹死了。算时辰，差不多就是那个时候。"大家为了显示阳气足，说话的声音陡然高起来。

我们听得毛骨悚然，对这些老是见鬼的婆娘们也敬而远之。

许家婶婶就此融入村中。不一年，生了个女娃子，整天抱着，东家进西家出找人唠嗑，女娃子一哭，大庭广众之下，撩起衣服就喂奶，见者也习以为常。又过了大半年，许家婶婶就抱着女娃带老许回了一趟娘家，回来时候捎带了个本家的姐妹，也是十六七岁光景，矮胖矮胖的，不知道被灌了什么迷魂汤，居然就嫁给了村口的龅牙老光棍。

成婚那日，老光棍在自家摆了两桌，许家婶婶顺理成章坐了媒人的大位。收了媒人红包，见她出门走路都是媒婆的张扬模样。

有一日，我们正在老许家院墙外跟许家兄弟玩，突然就见那矮胖女孩哭啼啼冲入老许家，撞见许家婶婶，噼里啪啦就是一通那听不懂的外番话。然后看到村口的豁牙老光棍，村里的几个闲事婆陆陆续续跑到，院子里一下热闹喧天。除了矮胖女孩一下子哭几声，剩下的就是老光棍嘎巴的笑声，闲事婆聒噪的笑声，许家婶婶冷不丁的笑声。笑声中有婆娘还动手朝着老光棍的屁股用力扇了几下，老光棍东躲西藏，乐哈哈的，也不知发生了什么事。

终于也没发生什么事。

不几年我就外出求学，转眼又入职。有一回许家那小弟到小镇来，特地在单位旁的小店炒几个菜小酌。酒过三巡，问到他家婶婶，回答说连续生了三个女娃，现在是又胖又凶，动不动就把叔叔臭骂一通。每年都会大包小包回一趟云贵老家，回来，就带了本家或大或小的姐妹。现在四村八舍的老光棍天天在家里蹲着，绿头苍蝇一般讨好着婶婶，上个茅坑都有人恨不得先去稳住脚板！

许家小弟看我诧异，补了一句："那些女孩子，也有半夜想逃的，逃不了，最后都安心回家了。"

"是遇到鬼打墙么？"突然想到多年前的那寒冷夜晚，我忍不住一问。

"什么鬼打墙？"许家小弟不以为然，喝下杯中酒，"我看现在我婶婶就是那鬼打墙。"

花船

村口刘家，是一座青灰色的瓦房，跟宫庙并排而立。刘家有一媳妇，是村里的头号美女。高挑身材，乌黑辫子，鼻子是鼻子，嘴是嘴，每次出门，一颦一笑，我们这些小破孩就在路边看愣了。

她自然不看我们，等她丈夫出来，"突突突"将院子里停着的拖拉机搅动起来，就大义凛然地爬上车斗，轰隆隆颠簸着呼啸而去，留下我们站着发半天呆。

在她前面，我们很少敢放肆。夏天的傍晚或者午后，我们常常脱个精光在村旁的小河里游泳，任何人来了，我们都肆无忌惮。只有她。远远地看见她的身影袅袅娜娜仿佛一片云彩慢慢飘过来。我们就发一声喊，作鸟雀散。有一次，我们都跑了，有个同伴来不及走，只好蹲在水里不上岸。刘家媳妇来了，笑了一下，拿了一块石头"噗"一声砸在他身边，溅了他一头的水。他大叫着，用力将水往岸上泼，她便"咯咯"地笑了起来，然后说："你还不上来？"

"她笑了么？"我们都问。

小伙伴骄傲地说："笑了好几次呢！"

居然会笑！我们怔了半天不说话，心里头很不是滋味。

"她说，你还不上来？是说你？"我们又问。

"是啊！"小伙伴依旧骄傲不已。

居然会问！！于是我们转身就走。很长时间里头，这个不知好歹的小伙伴被我们视同乱臣贼子，人人得而诛之。

我们有很多理由从她家门口经过，她家旁边的宫庙是村里的神圣所在。初一十五、逢年过节各种烧香祭祀，我们自然都得过去，路过那片瓦房，瞥一眼，常常就见她风姿绰约站在拖拉机斗上轰隆隆远去，一骑绝尘。

快七月半的一天，晨曦微露，宫前突然人头攒动。有人在宫前青石台阶上发现一个包袱，打开一看，包袱里是一个出生不久的女婴，脐血尚未完全干透，一抹嫣红点缀在她如两三个拳头般大小的肚子上，仿佛肚子上又多了个猩红的眼睛看着这个世界。

村人有些愤怒，特别日子，宫庙里是不准进女人的。这回，居然一个血污的女婴就这么摆在宫前，也太亵渎神灵了。聚集的人群叽叽喳喳地一家家议论揣测开来，不知道孩子的母亲是谁。

想来是外村的。有人就说，这个孩子应该让刘家媳妇抱去。嫁过来这么久肚子还是平平的，八成是……有人就抢白道，人家要女孩子么？人家老刘家三代单传，你让她要个女孩，这话让刘大个听了，有你好看的。于是一片笑声，愤怒也就消解干净了。

终于有个老头拨开人群将孩子抱了起来。围观的人群就起哄道："老陈头是积德了，也好也好，养大了，就给你老人家送终了。"老陈头红着脸，顾自抱走了女娃。

人群也就逐渐散去。

七月半的祭祀，我们这些见过女婴的小孩都被禁止进宫庙。至于那些围观的大人是否被禁止，也没人说起。大家伙都愤愤不平，想着找这些大人出气，想来想去，突然就想到那议论刘家媳妇的碎嘴婆娘居心太过险恶。于是，夜里十几个人摸到她家西瓜地，踩得瓜秧东倒西歪，才稍稍平息怒火。

宫门口被破了次禁忌，莫名其妙就成了女婴的遗弃地。有好几次，嘹亮的婴儿啼哭划破天际，仿佛一声炸雷，震醒一村还在恬睡的村民。天亮之后，人群照例围观、议论，有几个婆娘有意无意就说起刘家媳妇。

"怎么还不生啊？是不是……"总是这个时候就没了下文。

"怎么会呢？你没见刘家媳妇的肚子也鼓起来了。没准……"话没说完，大家群起的笑声就淹没了话头。法不责众，我们对这么多闲得没鸟事的大人实在没什么办法，只好祈祷着不要再出现弃婴了。

快过年的时候，突然下起了雪。江南的雪夹杂着雨水，堆积不起来，又湿冷得厉害，到处是一摊摊雨雪混杂的污泥。这么冷的天气，一个女婴又出现了。她也如雪中的一堆污泥，就那么摊在宫门口的石阶上。蠕动、号哭，停止之后又蠕动、号哭。这么着天就亮了起来。但是和以往不同的是，我们还没出门就被父母训了一顿。

"今天谁也别到宫门前去。眼看过年大祭祀的时候就来了。接近刚出生的女娃还怎么祭祀！"

想想过年宫庙内祭祀的热闹，想想热闹里的各色小吃，我们按捺住不去想宫门口的女婴。但那哭声我们还是能听见。上气不接下气，有时候一直弱下去，终于以为停了的时候，又好像被人突然吓醒了一般，又高亢起来。高不了几声，像又是被捂住嘴，声音呕呕呜呜状若游丝。这么一直哭着，也没人管她。快近中午的时候，哭声终于听不见了。"许是终于哭累了睡着了吧。"我们这么想着。

回家吃午饭的时候，经过宫门口远远看去，那个婴儿不见了。问家人，铁青了脸骂几句，最后愤愤地说："被花船接走了。"

这，就让我们很是不解了。

魑魅魍魉，我们知道是有草船可以送走的。那迎来送往的法事，我们隔个十天半月就可以见到。大体是村人有个头疼脑热四肢不遂之类，几剂中药吃下去不见好，或者也没吃药，就直接延请法师前来做法。法师拿着个罗盘屋前屋后细细看过一遍，确认是鬼魅作祟，就会根据主人家经济状况排出一个或几个法师做法的方案。时日一到，法师们在主人家堂屋摆上一张八仙桌，上设蔬果糕点，院子四围插上彩色小旗，铃铛一声，龙角一声，锣紧鼓密，法事就张罗起来了。

法事的最后，无一例外就是送鬼祟。在一串长长的祷词之后，主人被一席草席围住端坐在院子中间，亲朋好友在法师带领下，手执法器，围成一圈，各司其职。领头的要拿一把法师扎就的竹把不停地在草席上比画做打扫状，后边一人拿法师编织的小竹簸箕在竹把下做承接状，又一人拿法师削就的竹节做收纳状，余下的人就一边跟着念叨咒语，一边跟着绕圈。在锣鼓越来越急切的声音中，大家步履跟着越来越快，待得法师将手上一小盘米以各种手法朝各处掷光，又将一小盏黄酒含嘴里朝各处喷光，法事就落下了帷幕。

之后，各种法器都一股脑儿送到溪滩边。竹节由法师用符纸封了口，笔直戳入泥地里头。竹把、竹簸箕、彩旗、草席、金银纸也堆在一起，佐以干枯稻草，一把火烧将起来，这就等于用草船送走了鬼祟。

可是，花船会是类似的事物么？

那天晚上，我们几个小孩子碰了面，互相交流听到的消息，根本没有什么头绪。大家伙讨论一番，好奇心汩汩冒起，于是决定冒险偷偷溜进宫里找找那个女婴到底被花船接去了哪。为了不让大人知道后不让参加祭祀，进宫门的时候，我们说，谁要发出声音来，就被宫里的菩萨捏碎嘴巴。这般蹑手蹑脚进去，寻了一圈，唯见烛影朦胧，几尊菩萨双目炯炯，不怒自威，兀自起一身鸡皮疙瘩。却哪里有什么女婴和花船的影子？

我们终于失望。大伙要出门时候，突然就看见宫门口有两个人影，在往常放婴儿的地方蹲了下来，然后是极端压抑的哭声传过来，仿佛传说中气都喘不直的吊死鬼，让我们毛骨悚然，躲在宫里的大石墩旁不敢动弹。

那哭声被百般阻挡着，仿佛手指甲划过玻璃，仿佛锄头在锅底铲过，听过来感到自己的心就被一只手给扯着，尖锐、聒噪，让人喘不过气。

好在那两个人影终于也哭够了。他们踉跄地站起来，转身的一刹那，借着微弱的，宫庙之中蒙蒙的烛影，我们震惊发现：他们，是美丽的刘家媳妇和她的拖拉机手丈夫。

可是，他们到宫门口哭什么呢？难不成，居然跟那花船有关系？

卷五：旧山河

我见青山多妩媚

1

三十多年前，十岁光景，正是苦于无书可读的年纪。老家阁楼翻出几本旧书，多的是"打倒×××"之类的大字书。历史的波谲云诡，在阁楼天窗映射进来的光影里，翻腾起来，都是纷纷扬扬的飞絮，完全不被少年人所喜爱。

有一天，在屋角一大叠的棉絮之中，突然翻出了半部残卷。那书百来页光景，每页书角都卷心菜一般层层叠着。卷前卷后的几页，摸上去脆生生的，一碰就碎块小纸片。没有书名，没有书脊，看页码一开篇就是几十页出去，七八十回后又撕掉了，完全没有任何关于这本书的信息。

也是太没有书可读了。找到这么没头没尾的书，还是勉强读将起来。书里说的是一个大家族的欢乐故事，一群少男少女住在一个有几个村子那么大的大园子里，吃喝玩乐，饮酒斗诗，无忧无虑，其乐融融。

那些富贵繁华，少年人却是看不大懂。只知道里头的食物让人垂涎欲滴，一只茄子又是拔丝又是揉细，做得风流婉转。只是看不懂为什么要那么忌讳油星，那油汪汪的红烧肉我们过年才吃得上一回，不是世间最美的味道么？

里头的诗自然也看不懂，却总感觉有种说不出的况味，符合少年人为赋新词强说愁的心境。于是找了个笔记本，挑喜欢的工工整整抄了大半本。课堂上无聊，拿出来默默背上一遍，什么"花谢花飞花满天，红消香断有谁怜"，什么"桃花帘外开仍旧，帘中人比桃花瘦"，自得其乐中似乎慢慢拥有了小伙伴所不知道的欢喜和哀愁，向往和惆怅。

书到了七十回，又是重结诗社，又是饮酒填词，正是华枝春满天心月圆的时节，却戛然而止了。问家里的大人们，自然不知道是什么书，更不知道是谁放在阁楼上的。

从此，少年人的心里，心心念念，都是那诗酒趁年华的欢乐篇章。

2

记忆中第一次去外婆家，是在六七岁光景。

在一个叫秦屿的地方坐上三轮卡，一路突突的车声中，全是绕来绕去的山路。每到一个山村，三轮卡就在村头停一阵，搬东西的，走亲戚的，司机也下车不知道去了哪家喝一阵酒，老半天总也不见个出发的点。

到了山林深处，突然就看到一大片翻滚的云海。越来越猛，越来越重，弥漫在整个车外。群山只苍茫几点，流云奔腾，迅如激水，让人仿佛置身在一个梦一般的仙境中。

三轮卡在云雾中带着浓浓的酒意穿行了许久许久。在一个山坳处停下，父亲大声说，到了到了。云海逐渐散去，我们下车一看，却是山路边一间小店。父亲很熟稔地进去，跟店家欢乐地招呼着。在半人高的柜台上，揭开大酒瓮，舀了半斤老白干，又从柜台上大玻璃罐子里抓几把花生，喝上聊上，一坐又是老半天。

这样天色全暗了下来。父亲叫起昏昏欲睡的我们，正式走路往外婆家出发了。

还有很长的山路要爬，突然在一处山路站住。父亲告诉我们，不远处有大片石头的那就是太姥山，明天说好了要去看看的。然后继续赶路，翻下山梁，有一条山涧，得脱了鞋赤脚蹚水过去。之后再顺着茂密山林间的羊肠小道走半来小时。越过一个山包，就在山岙里，远远间就看见一片昏黄的煤油灯晃动着，外婆家终于就到了。

一夜无话，第二天我们果然去了太姥山。

小小少年，哪里有什么印象，就记得在山洞里钻来钻去；就记得一级级的石阶在巨大的石阵间穿来穿去；就记得每到一个大石头平台，外婆们就站住，拉了我在身边，说这块石头是仙人指路，这块石头是乌龟下山，这块石头是十八罗汉。如此云云，很快就都被云雾遮住了。

当晚，我们就在山间的一处人家住下。附近有古寺，暮鼓声里，寒鸦哇哇叫着四处乱飞。那人家不知道是不是外婆那个大家族的亲戚，总之是苍茫群山，昏黄夜色，只此一户人家。老屋三四间连着，聚拢来一大家族的人，前一晚没来得及招呼，这一回便被母亲带着一个个招呼过去：外公、外婆、大舅舅、大舅妈、大阿姨、大姨父、三阿姨、三姨父、四阿姨、五阿姨、二舅舅、三舅舅……还有一群一样大小的小丫头，都瞪着明晃晃的大眼睛望着我这个陌生人。

大人们喝酒、吵闹，小娃们很快熟悉起来，在庭院里疯跑一阵，外边的夜色便跟墨一样浓厚。最后被大人们吆喝进来，随便拿热毛巾抹把脸，拽到小阁楼里，在一个角落铺了几床大棉被，所有的小娃们都窝一起睡觉。那个夜晚，听着楼下大人们大声喝酒，在似梦似醒间嘎嘎地大笑着；听着屋外夜风沙沙从树间穿过，刷刷地从瓦上过去；听着山里不知道鸟声还是小兽的叫声呜哇一声……突然心里就有种说不出的满足幸福感。

3

读初中的时候，语文老师是个读书人。在当时的乡下中学，他的宿舍里藏了两大竹书架的书。虽然没怎么去他那里借读，日常之中，却常常听他指导说要读些什么书。

有一天，他终于说，同学们要读读四大名著啊。那个时候，大家完全不知道什么是四大名著，除了课本，大部分人都没接触过其他带字的读物。自己凭着小时候读金庸积攒下来的一些历史知识，在小小的学生群体竟然有着鹤立鸡群的感觉。

入学不久，学校组织国学知识竞赛，自己代表初一年段参加。

分组抢答的性质吧，坐在简易桌椅拼接起来的台上，跟初二、初三的学长、学姐们同台竞技。竟然就发现老师提出的每个问题，都是一个小小的鱼钩，抛在自己旧往认知积聚的池塘中，都可以钓上一条既定的鱼来。

于是全校震动，都说初一有个新生，很厉害云云。初三的学姐，会在晚自习的时候，绕到教室来，在讲台上老师一般地站定，说某某站起来，然后看一眼，呵呵笑着踱出门去。

饶是如此，我也依旧不知四大名著写的是什么。甚至也并不能记全哪几本才算是。有一回晚自习，不知道是谁带了本《红楼梦》过来，于是顺手拿来翻，翻到几十页，突然就怔住了。坐在教室角落，浑身颤抖，眼泪就流了下来。

原来，小小阁楼，懵懂年少光阴里头，那本掐头去尾的卷角书，竟然就是所谓四大名著之一的《红楼梦》。那况味，竟是武侠世界里头隐世的高人，江湖里传说四起，有一天突然就发现，他竟然就是每天村头村尾见面的笑哈哈的和蔼老头。

急忙忙翻到当年找不到的结尾读下去，几天里茶饭不思，却是越看精神越是颓靡。大观园里的诗酒盛宴，竟然是这么一个结局。"眼看他起朱楼，眼看他宴宾客，眼看他楼塌了。"有那么几天，看着教室里来来往往的人们，心底里全是那种找不到人诉说的悲凉。

4

有很多年，不曾再去外婆家。

外公病逝的那一年，自己在一个小县城读书，很久以后，收到父亲托人写的一封信，小心翼翼在其中提了一句，似乎在提一个久远的故事。

毕业后我一直辗转于几个小乡村教书。有一年外婆爬楼梯，突然一个眩晕摔了下来，脑溢血，也过世了。我收到消息赶过去，却是在小镇一座庙宇里做的法事，在灵前烧了一些纸钱，站起来，满眼是缭缭的青烟，满眼是陌生的路人，哪里还有一点点跟外婆有关系的影子。看看远山，倒是依稀有错落的山石，依旧妩媚地端看着人间。

从此后，消息总是断断续续。那么一大家子的人，散到山里的角角落落，生病、贫穷、衰老，生活得磕磕碰碰。有着明晃晃大眼睛的大大小小的丫头们，纷纷长大，也嫁入各种各样的人家，生了各种各样的娃，那些娃太多，终于连名字也叫不齐全了。

也是很多年的一个春节前后，突然想起那苍茫群山，想到古寺旁昏黄夜色里的一户人家，想到那小阁楼里，几床大棉被，一窝热闹的小娃；想到大厅里大声喝酒的人们，嘎嘎地笑个没完；想着穿堂而过的夜风沙沙地过去又回来；想着山里不知道鸟声还是小兽的叫声呜呜哇哇……心底的念想野草般滋长，开了车就赶过去。

出了高速路，也就是绕山一圈，不过大半个小时的车程，哪里是童年记忆里无尽的盘山路。也并不能直接到山顶，半山中就设置了景区入口。入得景区，无尽的山洞，只挑了个不长的爬一下。山间的乱石，似乎也不够清晰，全藏着时时袭来的云雾里。很多地方都不是儿时记忆里的样子了。古寺依旧苍老，近千年的石柱、石盘在寺前的泥土地里裸露着，上面是斑斑驳驳的时光的影子。古寺旁哪里还有什么老屋子？芳草凄迷，浓树蔽日，哇地飞起一阵寒鸦。倒是上山的云海，依旧风云激荡，银瓶乍破处，玉漱飞溅，飞快地流向远处。

过去的一切的一切，只是记忆里若隐若现的梦境。

5

读《红楼梦》之后的许多年，偶尔翻到余英时先生的《红楼梦中的两个世界》一文，大意是说曹雪芹在《红楼梦》里创造了两个鲜明对比的世界，即大观园这个理想世界和大观园之外的现实世界。这大观园内外的差距，其实也就是理想和现实的差异。

突然就想到，少年时候心心念念的大观园，就是刻意营造的乌托邦罢了。不仅如此，云海尽头怎么走也走不到的村庄，村庄里头多迟也不愿意散场的庞大家族，其实也都是人生里头的一座大观园而已。隔着时间的距离，隔着空间的距离，它们在我人生的伊始，仿佛在一首词的上半阕，华丽丽地铺垫下许多美丽的意象。

又过了一些年，完整地读到孔尚任《桃花扇》里《哀江南》的曲子：

俺曾见，金陵玉殿莺啼晓，秦淮水榭花开早，谁知道容易冰消！眼看他起朱楼，眼看他宴宾客，眼看他楼塌了。这青苔碧瓦堆，俺曾睡过风流觉，把五十年兴亡看饱。那乌衣巷，不姓王；莫愁湖，鬼夜哭；凤凰台，栖枭鸟！残山梦最真，旧境去难掉。不信这舆图换稿，诌一套哀江南，放悲声唱到老。

中学的那个午后第一次翻看下半部《红楼梦》，成年后心血来潮的某次旧地重游，那些物是人非的伤感也终于慢慢释然。大观园般的理想国终会破灭，里头的起朱楼，宴宾客，落在了舆图换稿里头，覆巢之下，哪里会有什么完好？

沧海桑田，个体如沙。时间的流逝和空间的变更，总是无法抗拒的铁律。我见青山多妩媚，青山眼里的我们，不过是年少倏忽白头的过客而已。倒是年来重游，故人推杯换盏间，突然忆起几句诗：

白酒家家新酿，黄花日日重阳。城高望远，烟浓草澹，一片秋光。故国江山如画，醉来忘却兴亡。

未完待续

1

不记得是什么地方。淳安？还是开化？

20世纪80年代的小县城，都是一样的青石街道，行人车辆来往，将街面磨得光滑洁净，阳光下反射着斑驳的光。几条街的交汇处，总有一样的石板桥，十来块大条石架在水面上，没有栏杆，戏水的孩童从桥上一跃入水。那溪水清幽幽地，可以见到离离的水藻在水底招摇。溪边常常是浣衣的人，抡着捣衣杵，捣衣声啪啪地传到远方。走过几条街，一街一街都是两层小楼，裸露着大片的水泥阳台，上面晾晒满绿绿红红的衣裤，偶尔被风吹落，斜斜地搭在一楼高的电线上，簌簌酒旗风。

亦不记得是多少岁。六岁？八岁？

早餐的油条很脆，烧饼拿在手上油滴滴热乎乎，裹在一起咬下去，浓郁的香味四处萦绕。午餐和晚餐都只能吃上一碗米饭，不记得会是什么菜。青菜？豆芽？总没有鱼和肉的记忆。总没有个吃饱的记忆。那一段时日支离破碎的，不变的主题也许就是饿。有一回饿急了，在某个小食堂，一口气吃了三碗白米饭还要再续。父亲、母亲看得笑起来，然后记忆里很深刻的是，父亲眼角亮晶晶的眼泪。

自然更不记得是什么旅社。平安？和平？

离大马路不远，有一个车站。铁条弯成一个半弧形，上边嵌着某某车站的大铜字。大客车进站或者出站，都会发出很响亮很骄傲的鸣叫声。从小弄堂进去，七弯八拐的，拐角处一家旅社，灯箱广告写着大大的招待所的字样。二三楼的某个小房间，我们一家人一住就是好几个月，床上地上连窗台上，都是我们的安身之处，自带的铺盖铺得到处都是。一楼是大食堂，每到饭点，诱人的香味四溢，三教九流，人声喧腾。没钱吃饭的时候，特别气恼那种堵不住的饭菜的香味。

这样的日子，一日过去了，第二天又续上，似乎没有个尽头。

2

我很喜欢趴在旅社小小的窗口往下看。

热闹有时，静寂有时。期待有时，失望有时。夜晚十来点钟，小弄堂一片黑暗，大马路上只有零星几根电线杆挑着橘黄色的灯。就这么睡着了，长途客车突然发出长长的轰鸣声，吱嘎一声停下，又突突地开走了。这样的时候，第二天一醒来，父亲便已经在屋角处呼呼地睡着。小房间被一家几口人挤得闹哄哄，却十二分的开心。彼时我小小的心眼里知道，父亲回来大体会带回来几十块钱，至少有十几天，我们食宿无忧了。

父亲彼时是包工头，四处出击寻找做工的机会。周边几县，长年累月下来，成了老客户。故人相见，即使并没有什么工程可以承包，亦是可以求到一些生活费。长夜羁旅，父亲带回的便是这份故人之谊。沿着人群嘈杂的大马路溯流而上，父亲会说说自己的辉煌故事。

从横坞到鸠坑，是一条沿湖的山路，七绕八拐，最大的困难是要在水边开出坚实的路基。从左溪到西坑口，那条路最难的是要开凿一条很长的隧道。父亲这么说着。那些偏僻的村名，在我记忆里仿佛山野小路上的一块路基或者一个指示，一晃眼就过去了。

夜里，父亲来了兴致，会打上一瓶老酒，楼下小饭店的大食堂里切一块猪头肉，在房间里美滋滋地喝上一盏。喝得兴起，把睡得迷糊的我叫起来，问要不要喝一口。总是如此，我便咪一口五加皮或者竹叶青，嘴里嚼着一块肉，依旧睡去。迷糊中听得父亲开心地跟母亲说自己考到爆破证的喜事。

考爆破证要理论考试，父亲除了大名就写不出一个字。"拳头大的字我不识一箩筐。"父亲这么说着。扯起自己记账的事，账本上要么是各种图画，要么是生造的字。比如盐不会写，直接写成水干。"不是么，盐就是水晒干来的。"父亲得意洋洋。

考官只好采用面试，父亲准确地报出多少方石头用多少炸药，雷管要埋多深，角度要怎么打，人要在哪里点导火索，最后，大石头爆破出来滚落的角度云云，了如指掌。实践的时候，父亲自己打钎、埋炸药，看着五百米远的村落，自信地说不会让一块石头飞过去。果然果然。

这样，安心地睡了很长很长时间，我知道，每一次醒过来，总是能看到父亲乐滋滋地喝酒、吹牛。

长长的日子里头，这样的时光是永不凋零的花，开放在暗夜。

3

溪边大榕树下常常人声鼎沸。

树下的一处，有人支着一块大板子，上边隔着巴掌大小的小格子，平铺着各种各样的小人书，是租看小人书的摊子。站在摊子旁边翻看小人书，如果看图片，是一分钱一本。如果连字一起看，则要两分钱一本。或者两个人或者多个人一起围看，那么，要三分钱才能看一本。

小人书的摊主是个半大不小的年轻人，天天拿个小马扎坐着，熟悉了后，并不计较你到底怎么看书，统一就收个一分钱一本。摊子地上还铺了一张尼龙纸，上边摆了几十本杂志，最显眼的就是一溜排开的《故事会》。白色的书名题签，配上一些故事的手工插图，光怪陆离，吸引眼球。这杂志，大抵卖两三毛钱一本，那些过期滞销的，也是要一毛钱的。

看完小人书，我有时候会顺手去摸这个《故事会》看，眼尖的摊主这回无一例外就制止了，租书积累下的情分荡然无存。他一把将书抢回去，边抢边说："看不得的，看不得的，看了就没人买了。"

而封面上的配图总是那么揪人心，摊主将书放回原位又故意会拿回来摩挲下，拿眼睛斜一下你，显摆个不停。这样，实在受不了诱惑，咬咬牙挑了一本过期的，买回去了。

《故事会》一本看完，总有一两个故事写着"未完待续"。有的时候是狐仙鬼怪的故事，有的时候是悬疑探案的故事。故事里说狐仙爱上书生，送吃送穿的，然后大难迭起，未完待续。故事里说侦探发现凶手躲进柜子里，打开柜子只有一阵清风吹来，未完待续。

忍不住。早餐偷偷吃一根油条，省去了油汪汪香喷喷的大饼。拿着抠出来的一毛钱跑到小人书摊，找到《故事会》，发现在那一期过去又新出了好几期。才幡然想到，买过期的杂志是多么的不明智。这就是一个熊熊燃烧的火坑，多少柴火填进去，也没有个填满的时候。

那个时候，最怕"未完待续"四个字。总是希望什么事都干干净净，一件就是一件。每个故事都要有结局，每个晚上都要有夜话，每条道路都要看到终点，然后，大功告成，开开心心地写着"全剧终"三个大字。

可是，总是那么多的未完待续。

4

某个阳光晴朗的下午，父亲居然有空带着我在街巷里闲逛。

很多年后，读到张永熙追忆老北京生活的《撂地卖艺》，他写道："大街东西两侧是不少有名的字号（店铺），挂着花花绿绿的招牌，道旁也满是摆杂货摊的和做艺的，不用说还有那些卖各色小吃的：豆汁儿、杏仁茶、煎饼，应有尽有。马路上汽车声、马车声、洋车（三轮车）的小喇叭声、电车的铃铛和轨道声，与拥挤其中的人声交汇在一起，那既是嘈杂扰攘的噪声，可也是老北京最亲切的、最具生活气息的声响。"

许是文字掩盖了记忆，又或许记忆在文字里复苏，南北万里，往事百年，那么遥远，那么陌生，却又有着相同的热闹繁华，一一就显现在眼前。

正是柿子上市的时候，临河的小街有几家水果摊，堆满了红得诱人的柿子。父亲突然问："这个软柿，你要吃么？"

也不等我回答，父亲就向小贩称了两个柿子递给我。正算账，一回头看我已经把两个柿子都吃掉了。

什么滋味呢？柔韧的甜味，一片片地铺满舌面。来不及咽下，就迫使你大口大口地去咬了。

父亲哑然。顺手又拿了三个大橘子，这回，递了两个给我，自己也剥了一个吃，边吃边蹀躞地一起往小旅社走了。

阳光暖洋洋的，街道依旧人声鼎沸，一切温馨得如同一个梦境。但我确切知道，这不是梦，而是父亲跟我相处的无数的日子里头的一个。我这么想着，以为就是这样，未完待续何尝不美好。

5

那段日子终于结束了。

父亲在不远的一个县找到了修路的工程，穷乡僻壤，没有学校，于是将我托给了他的朋友在县城上学。

学校是寄宿的，一个班级的孩子都睡在大教室改装的寝室里，每个人带一个木箱子一床被子一块席子，席地而睡。听到铃声起床，听到铃声上课，听到铃声就寝，一年都没有跟家里人碰一次。

又过了几年，父亲连桥梁、涵洞什么的都开始承包，越发在穷乡僻壤里头出不来。于是将我送回老家托给了亲戚。闹腾腾的夏收之后就开学，闹腾腾的春节之后就开学，几年都没有跟家里人碰一次。

等我考到外地，已经不喜欢回家了。快毕业的某个周末，突然有同学跑到教室对我说，你父亲在寝室等你呢。

我从门口进去，看见父亲坐在寝室的学生椅上，高大魁梧的身材被窝在窄窄的椅靠里，显得十分喜感。印象中的一头黑发全部斑白，斜阳正好，照着他的头发，一如多少年前那小城里头斑驳的青石街道。

父亲眯缝着眼笑嘻嘻的，说自己终于要回乡了，兜兜转转的，一个事情未了一个事情又起。承包的桥梁出了事故，痛定思痛不再染指工程。开了家酱油厂，总是摸索不出精妙的配方，很快就倒闭了。开了家粉干厂，生产的细粉干，当地人烧出来就成了面糊，很快就倒闭了。他把盐写成水干的小聪明，终于抵不过越来越多的年轻人进入经济市场，要告老还乡了。

"家附近要开一条道去海边，我承包的。"父亲说，"重操旧业，我还是很有信心的。"

那一年我就毕业了。回家不久父亲突然生病，几个月就过世了。

那个从童年开始的未完待续的梦，突然就醒了。很多时候，很多事，真的以为是未完待续。可是，人世间的准则，无论欢喜，无论苦难，也许竟然是未完，却不再待续。

后记：童年与故乡

危松千尺，长空碧蓝，纯净之水自白雪皑皑的卡斯卡德山脉某处奔泻而下。

切斯瓦夫·米沃什这般回忆俄勒冈森林附近的班德镇。在这个他珍之为故乡的小镇，米沃什的寥寥数语，营造的是一个幻美的犹如仙境的小镇。在某一个傍晚，度过一天烦琐而不知意义的生活之后，我读到这样的句子，心里涌起了莫名的感伤。

每个人的故乡都在沦陷。有很多人在不同的作品中翻来覆去这么说。也许对每个人而言，故乡都是童年记忆最美丽的背景。所有的记忆因此而滋生，所有的漂泊因此而能安顿。童年里头的故乡，过滤掉所有的不幸和悲痛，沉淀下的是一个人最美好的年华，时不时之间，牵惹起思乡的人去张望回想。

人同此心，心同此理。古尔布兰生著的《童年与故乡》，其中译本，就出现了吴朗西译，丰子恺亲自书写配图文字的珠联璧合景象。前几年，有出版社又以几近德国原版书的形式推出，在无涯的图书海洋中，树立起一面精美的旗帜。不是因为其他，小心翼翼地呵护每个人的童年与故乡，成了每一个作家心里头的梦想和职责。

我童年记忆里头的故乡，也是这般的美丽无瑕。在浙南小镇一个远离城市的小村子，我的故乡就那么静静横卧在岁月的河床上。如果记忆能够物化为一帧一帧的明信片的话，故乡的风物人情、四季变迁，都会是一幅一幅或黑白或彩色的精美图画。很长一段时间，我一闭上眼睛就能够听到风吹过村庄四围竹林沙沙的声音，那种茂密的在竹叶间穿行的声响仿佛泉水从细微的鹅卵石间流过，缓慢、细腻、澄澈而悠扬。我能够看见竹叶慢慢在风中飘落，缓缓铺满林间的交叉小道。看见竹林的外围，那条绕村而过的小河流，在春天或者是夏天，河水泛滥，漫过堤坝，一寸寸吞噬村边的土地，田埂上长长的青草在清澈的河水中招摇。看见村庄的四周，那好几个古井，或浅或深，滋润了许多少年的光阴。看见山间一层层的梯田，在晨昏日暮，云卷云舒中的每一缕光影，每一丝气息，都那么曼妙多姿。

　　这样的故乡当然已经不在了。也许从来就不曾存在，只是记忆里头的一种倒影罢了。每一回回乡，脚踩在炙热的水泥路上，看见村庄在大规模的改造之后，赤裸裸躺在长天之下，再也没有隐秘的竹林，再也没有因季节变化时而泛滥时而干枯的河水，心里头隐藏的痛就不能言表。我知道，那些熟悉的乡间小道，熟悉的泥土气息，都消弭在远去的时光里头了。今日孩童的未来记忆，故乡就是笔直水泥路两旁一览无余的排排屋舍，是无可亲近的田野，是一回家就一头扎入的书本或网络。这才是无可消弭的代沟，横亘于几代人中间，再也无法越过。

　　我一直想写一写童年里头的这个故乡。不再是那般充满底层劳作的汗水和辛酸，尽量少生存的苦楚和彷徨，只是一首纯粹的唯美歌谣，只是午夜醒来的一个美好梦境。或者说，所有属于乡村的苦难和悲伤，它们上演过，却都在岁月的沉淀中慢慢凝固，剩下的就是宛若鸽哨一般宁静辽阔的空灵境地。但我一直苦于无法找到抵达的道路，我不知道怎么样才能把那些零碎的、关于乡村的记忆串接在一起，而不至于让人觉得是丢失故乡的人的呓语。

有一天，我在乡野间走过，正是雨水时节，四野苍茫，烟雨迷蒙，入眼处皆是大片水汪汪的农田。隐隐约约的锣鼓声，时有时无的鞭炮声，春耕尚未来，属于村庄的热闹也还未消退。我突然意识到，也许，从雨水开始，我可以用二十四节气来抵达自己的故乡。"春雨惊春清谷天，夏满芒夏暑相连，秋处露秋寒霜降，冬雪雪冬小大寒。"这些节气带着岁月的潮汐，和大地呼吸与共，正是我可以凭借的时间阶梯。一步步，以之走近那些具有浙南地域文化印记的故园风物、风俗人情、民间信俗、人事更迭。我希望就这么回到那个记忆里头的乡村中去。如果可能，就用这般的书写，留一个乡土中国的小小南方样本吧。